누구에게나
다시 보고 싶은
영화가 있다

웬디의 타임머신

Movie Challenge List ✓

MOVIE	DATE
☐ Lost In Translation	. .
☐ The Hours	. .
☐ Melancholia	. .
☐ Veronika Decides To Die	. .
☐ Comrades: Almost A Love Story	. .
☐ By The Sea	. .
☐ Closer	. .
☐ Amelie Of Montmartre	. .
☐ Night Train To Lisbon	. .
☐ While We Were Here	. .
☐ Brooklyn	. .
☐ I Am Love	. .
☐ The Lives Of Others	. .
☐ Rachel Getting Married	. .
☐ The Painted Veil	. .
☐ The Great Gatsby	. .
☐ Loving Vincent	. .
☐ Blue Jasmine	. .
☐ Rabbit Hole	. .
☐ To Life	. .

여러분은 어떠한 이유로 영화를 보고는 하시나요? 분명 가지 각색의 답변을 하실 거라고 생각해요. 시간을 때우기 위해서, 재미를 느끼고 싶어서, 힐링을 하고 싶어서, 혹은 데이트를 하기 위해서 등. 여기서 우리는 한 가지 공통점을 발견할 수 있습니다. 모든 사람은 크건 작건 어떠한 '목적'을 달성하기 위해 영화를 보고 있다는 것을요. 그렇기에 영화를 본다는 건 결국 무엇인가를 얻기 위해 하는 행동이라고도 볼 수 있을 거예요.

우리의 하루는 쳇바퀴 돌아가듯 매일이 똑같아 보이지만 자세히 들여다본다면 그렇지 않습니다. 우리의 하루는 매번 다르고, 그에 따라 우리의 기분도 매번 달라지고는 하죠. 이러한 감정의 기복 때문에 영화를 보는 목적, 그 이유 또한 매번 달라질 수밖에 없습니다. 학교와 직장에서 큰 스트레스를 받았다면 기분이 나아지고 싶어 힐링 영화를 볼 테고, 슬픈 일로 인해 우울한 기분이 들었다면 억지로라도 웃기 위해 코미디 영화를 보게 되겠죠. 따라서 우리는 우리가 느끼고 있는 감정을 위로받기 위해 영화를 본 셈입니다.

이렇게 여러분은 영화를 보는 목적을 달성함으로써 2시간이라는 짧다면 짧고 길다면 긴 러닝 타임 동안 무의식적으로 영화와 소통을 하게 됩니다. 간단히 말해 여러분과 영화는 대화를 나누는 것이죠. 여기서 중요한 점은 여러분은 감독이 연출한 작품을 관객이 그저 일방적으로 관람만 하고 있다고 생각하시겠지만, 실제로는 그렇지 않다는 것입니다. 영화는 관객의 참여가 있어야지만 완성되는 예술이기 때문이죠. 그 누구도 봐 주지 않는 영화는 영화라고 부를 수 없습니다. 관객이 있어야 영화도 존재합니다.

여러분이 영화에게 '나를 좀 위로해 줘', '나를 좀 웃게 해 줘',

'나를 좀 설레게 해 줘'와 같이 무의식적으로 말 한마디를 건네면, 영화는 주인공의 대사와 행동을 통해, 작품 속 오브제를 통해, 혹은 카메라 기법을 통해 질문에 대한 대답을, 또 해결 방법을 넌지시 제시하죠. '난 이런 방법으로 당신을 위로해 줄게요', '난 이런 대사로 당신을 웃겨 줄게요', '난 이런 행동으로 당신의 연애 욕구를 자극해 줄게요', '난 이런 촬영 기법으로 당신을 놀라게 해 줄게요'와 같은 말을요.

두 시간 동안 이런 커뮤니케이션이 활발하게 이루어졌다면 관객은 앞서 언급했던 영화가 주는 메시지를 이해하게 되며 애당초 정해 두었던 목적, 그저 오늘의 감정을 위로받는 것 그 이상의 것을 성취하게 됩니다. 그렇기에 영화 감상이란 결국 무엇인가를 배우게 되는 체험이라고도 할 수 있겠습니다. 관객은 그날 자신이 선택한 영화를 보며 '이런 생각을 하면 내일은 우울하지 않겠구나', '이런 말을 하면 인생이 재미있어지겠구나', '이런 행동을 하면 사랑을 할 수 있게 될지도 모르겠구나'라는 깨달음을 얻게 되는 것입니다.

우리는 슬프기에, 기쁘기에, 우울하기에 영화를 보고는 합니다. 영화로부터 '단 한마디의 말'을 듣기 위해서요. 저는 〈누구에게나 다시 보고 싶은 영화가 있다〉를 통해 여러분에게 저의 영화 이야기를 들려 드리려 합니다. 그리고 제가 평생 언제고 다시 꺼내어 보고 싶은 스무 편의 영화들이 여러분의 삶을 어떻게 변화시키고 성장시킬 수 있는지 그 이야기 또한 함께 말씀드리려 합니다. 여러분도 여러분만의 다시 보고 싶은 영화 리스트가 있으신가요? 그 영화들은 여러분의 삶을 어떻게 바꾸어 놓았나요?

제 유튜브 채널 혜더의 터닝페이지가 그렇듯 이 책 또한 여러분의 메마른 하루에 봄비 같은 책이 될 수 있길, 어두운 적막만이 가득한 인생이라는 길에 한 줄기 햇살과 같은 자그마한 힘이 될 수 있길 바라 봅니다.

CONTENTS

TAKE 002

사랑이
어려워
우리는
다시
영화를 본다

추억은 아무런 힘도 없다고 믿는
당신이 꼭 봐야 하는, 영화 〈첨밀밀〉

졸리와 피트가 헤어지기 전 남긴
마지막 이야기, 영화 〈바이 더 씨〉

익숙함이라는 감정에 사랑을 놓으려는
당신이 꼭 봐야 하는, 영화 〈클로저〉

외로움에 눈물지어 본 적 있는
당신이 꼭 봐야 하는, 영화 〈아멜리에〉

TAKE 003

용기가
없기에
우리는
다시
영화를 본다

어떠한 변화도 없는 인생을 살고 있던
남자에게 벌어진 마법 같은 이야기,
영화 〈리스본행 야간열차〉

안정된 삶에 취해 진짜 인생을 잃어버릴
위기에 놓였다, 영화 〈우리 사랑하는 동안〉

익숙한 둥지를 떠나 비로소 비상하려 하는
당신이 꼭 봐야 하는, 영화 〈브루클린〉

스스로를 감옥에 가둬 버린 재벌가 며느리의
충격적인 선택, 영화 〈아이 엠 러브〉

Epilogue

나와 당신, 그리고 인생 영화

TAKE 001

행복이
멀게 느껴지기에
우리는
다시
영화를 본다

세상에 홀로 남겨졌다고 느끼는
당신이 꼭 봐야 하는,
영화 <사랑도 통역이 되나요?>

< 사랑도 통역이 되나요? Lost In Translation, 2003 >

드라마 / 미국 / 102분

개봉: 2003 .10.03.

감독: 소피아 코폴라

주연: 빌 머레이, 스칼릿 요한슨, 지오바니 리비시, 안나 페리스

제76회 미국 아카데미 시상식(각본상 수상)

제57회 영국 아카데미 시상식(남우 주연상, 여우 주연상, 편집상 수상)

제61회 골든 글로브 시상식(작품상-뮤지컬코미디, 남우 주연상-뮤지컬코미디, 각본상 수상)

제56회 미국 작가 조합상(각본상 수상)

제29회 LA 비평가 협회상(남우 주연상, 신인상 수상)

매일 밤 잘 주무시고 계시나요? 한 인간이 80년을 산다고 가정했을 때 우리는 무려 33년이라는 시간을 수면에 사용한다고 해요. 약 26년간 잠들어 있고 7년간 잠이 들기 위해 준비하는 것이죠. 하지만 이는 정상적인 수면 패턴을 갖고 있는 사람들의 이야기일 겁니다. 만약 수면 장애를 겪고 있다면 8년, 9년, 10년, 아니 그 이상의 시간을 그저 침대에 누워 이런저런 고민을 하며 보내겠죠. 한국인 백 명 중 한 명은 매일 밤 불면증에 시달리고 이 숫자는 급격히 늘고 있다고 합니다. 어쩌면 불면증이라는 녀석은 이미 우리의 불편한 친구가 되어 버린지도 모릅니다.

저 또한 오랜 기간 불면증을 앓았습니다. 처음에는 내가 불면증이라는 것도 모른 채 하루에 한두 시간밖에 잠들지 못하며 밤을 지새웠죠. 새벽의 고요함을 견디는 것은 심적으로도 괴로운 일이었습니다. 하지만 어느 새벽, 목이 말라 주방으로 향하는데

창 너머 앞 동 건물에 불이 환하게 켜져 있는 것을 보았습니다. 그 불빛을 보고 있자니 왜인지 모르게 큰 위안을 받았습니다. 나와 같은 사람이 가까이에 있다는 사실이 마음을 한없이 편안하게 만들었죠. 그때의 저는 나만이 홀로 이 새벽에 남겨진 것이 아니라는 것을 깨달았습니다. 더불어 군중 속에서도 늘 누군가와 함께라고 느끼는 사람은 결코 많지 않다는 것을요.

이번에 소개해 드릴 작품은 이 어두운 밤 잠들지 못하는 이에게 소피아 코폴라 감독이 보내는 덤덤하지만 따뜻한 편지, 영화 〈사랑도 통역이 되나요?〉입니다. 누군가와 같이 있어도 외로움을 느끼는 것은 어쩌면 당연한 일이라는 것을, 나와 같은 고독을 안고 있는 이들은 생각보다 무척 가까이 있다는 것을 이 영화와 함께 느껴 보시길 바랄게요. 그리고 영화를 보신 뒤 잠 못 드는 밤, 조금이나마 편히 잠이 드실 수 있길 빌겠습니다.

╬

Lost In Translation, 2003

영화 〈사랑도 통역이 되나요?〉의 주인공 '밥'은 할리우드 스타이자 아내와 대화를 해 본 지가 언제인지 기억조차 잘 기억나지 않는 중년의 남성입니다. 이제 퇴물의 길을 걷고 있지만 아직 아시아권에서는 인기가 먹히기에 일본으로 주류 광고를 찍으러 왔죠. 하지만 그의 외로움은 이곳 일본에서도 좀처럼 사그라지지 않습니다. 또 다른 주인공 '샬롯'은 일본으로 출장을 온 남편을 따라 함께 도쿄에 온 여성입니다. 말도 통하지 않는 타국에서 남편이 출근한 뒤의 공백을 메우기란 쉽지 않습니다. 이 두 주인공은 쓸쓸함에 제대로 잠들지 못하는 모습을 보이죠. 그러던 중 같은 호텔에 묵고 있던 밥과 샬롯은 우연히 말을 섞게 되고 서로의 외로움과 우울함을 나누는 친한 친구 사이로 발전합니다. 이 지루한 곳에서 어떻게 시간을 보내야 하나 걱정했던 두 사람의 모습은 더 이상 보이지 않죠. 하지만 광고 촬영을 끝낸 밥이 미국으로 돌아가야 할 시간 또한 빠르게 다가옵니다. 다시 각자의 외로움으로 돌아가야 하는 이들은 과연 어떤 모습으로 헤어짐을 맞이할까요?

영화 〈사랑도 통역이 되나요?〉는 2006년 작 영화 〈마리 앙투아네트〉를 연출한 소피아 코폴라의 가장 대표적인 작품입니다. 소피아 코폴라 감독의 아버지는 〈대부〉의 감독 프란시스 포드 코폴라로 두 사람은 세상에서 가장 유명한 영화감독 부녀이기도 하죠. 부전여전이라고 그녀는 이 영화로 제76회 아카데미 각본상을 수상하고 이외에도 작품상, 감독상, 남우 주연상에 노미네이트됩니다. 소피아 코폴라 감독은 실제 자신이 도쿄에 머물렀던 경험을 바탕으로 이 영화의 각본을 완성했는데 이 때문인지 인물들의 고독과 쓸쓸함이 관객에게 더없이 잘 전달됩니다. 무엇을 해야 할지 모르는 젊은 세대와 자신의 역할을 잃어버린 채 방황하는 기성세대의 만남은 왠지 모를 큰 울림과 위로를 선사하기도 하죠.

영화의 원제목은 〈Lost in Translation〉, '통역을 하던 중 잃어버리다'라는 뜻으로 더 정확하게는 '한 언어를 다른 언어로 번역하던 중, 단어 혹은 문장의 미묘함을 상실하다'라는 의미인데요. 대부분의 나라에서는 원제목을 사용하지만 한국에서는 〈사랑도 통역이 되나요?〉를 사용하고 있습니다. 번역된 제목만 본다면 영화 속 두 사람이 사랑에 빠진다고 생각하기 쉽지만 이 영화는 샬롯과 밥의 에로스적 러브 스토리를 담고 있지는 않습니다. 또한 샬롯과 그녀의 남편, 밥과 그의 아내 사이에는 분명한 소통의 문제가 있기 때문에 틀린 번역은 아니라고 생각합니다.

샬롯과 밥이 머무르고 있는 도쿄는 그 어떤 도시보다 화려하고 과학적으로 발전되었지만 아이러니하게도 이곳의 사람들과는 대화가 전혀 통하지 않습니다. 이처럼 영화의 배경이 되는 도쿄의 모습은 우리가 살아가고 있는 도시의 모습과 매우 비슷합니다. 언제부턴가 도심의 높은 건물 아래 사람들은 함께 있지만 각자의 편의 속에 분절되어 있는 듯합니다. 서로를 바라보고 소통하기보단 각자의 언어로 통보하길 선택하죠.

우리는 과학의 발전이 삶에 편의를 준다고 믿습니다. 그렇다면 과학이 발전될수록 행복해져야 하는데 샬롯과 밥, 그리고 우리의 삶은 그렇지 못합니다. 사랑하는 남편을 따라 타지까지 온 샬롯과, 아내와의 단절을 뒤로 한 채 홀로 촬영을 온 밥. 한 사람은 남편에게, 또 한 사람은 팬들에게 사랑을 받습니다. 그러나 그들은 항상 행복하거나 항상 즐거울 수는 없습니다. 낮에는 누군가와 사랑을 주고받아도 밤이 다가오면 결국 세상에 나 혼자만 있다는 것을 통감하거든요.

샬롯과 밥의 관계는 영화 내내 아슬아슬해 보이지만 이 영화를 보실 때에 결코 일탈이나 불륜에 포커스를 맞추어서는 안 됩니다. 육체적인 반응보다는 정신적인 교감에 더 집중하고 있는 작품이거든요. 외로운 세상을 살아가다 말이 통하는 사람을 만난다는 건 그와 나 사이에 모든 것을 공유할 수 있다는 것과 같다고도 볼 수 있을 거예요. 그리고 그건 또 다른 의미의 사랑이라고도 할 수 있죠. 샬롯은 밥과, 밥은 샬롯과 함께 있다면 평소 잠들지 못했던 저녁, 쉽게 잠이 들 수 있습니다. 세상에 나 같은 사람이 나 말고도 더 있다는 것을 알게 되었으니까요.

우리는 종종 이런 말을 합니다. "난 아직도 10대 같은데 벌써 20대, 30대, 40대, 50대가 되어 버렸어". 정신은 그대로인데 몸만 훌쩍 커 버린 것 같죠. 결혼 2년 차인 샬롯도, 25년 차인 밥도 아직 자신이 무엇을 원하는지 모릅니다. "나이가 들면 삶은 좀 나아지나요?"라고 물어보는 샬롯에게 밥은 제대로 된 답을 해 줄 수 없습니다. 그녀가 살아온 인생의 배를 살았어도 이 질문에 대한 답은 그도 여전히 알 수 없거든요. 영화 속 두 사람이 하는 고민은 죽을 때까지 풀 수 없는 수수께끼처럼 보입니다. 하지만 곰곰이 생각해 보면 이런 수수께끼 없는 삶은 너무 무미건조하지 않을까요? 잠 못 드는 이들이 켜 놓은 불빛이 아름다운 야경의 일부가 되듯 스스로에게 끊임없이 던지는 고민과 질문은 인생의 길을 밝혀 주는 빛이 되고는 하니까요. 고민 끝에 항상 정답이 있는 것은 아니지만 고민 없이는 발전이 없기도 하고요.

〈사랑도 통역이 되나요?〉는 웅장한 서사나 메시지 없이도 관객에게 잊을 수 없는 감정을 선사하는 작품입니다. 아마 샬롯과 밥이 교환한 위로의 눈빛과 미소 때문이겠죠. 그렇게 영화

〈사랑도 통역이 되나요?〉는 말하고 있습니다. 당신에게 있는, 있었던, 혹은 앞으로 있을 잠 못 드는 밤, 등을 켜고 쪼그려 앉은 사람이 당신 혼자만은 아니니까 외로워해도 괜찮다고요. 소피아 코폴라 감독이 현대를 살아가는 모든 이에게 보내는 위로의 편지가 궁금하시다면 꼭 한 번 관람해 보시길 추천드리겠습니다.

이젠 더 이상 괴롭지 않은 잠 못 드는 밤

살아간다는 것은 투쟁이다.
영화 <디 아워스>

< 디 아워스 The Hours, 2002 >

드라마 / 미국 / 114분

개봉: 2003.02.14.

감독: 스티븐 달드리

주연: 니콜 키드먼, 줄리안 무어, 메릴 스트립

제75회 미국 아카데미 시상식(여우 주연상 수상)
제56회 영국 아카데미 시상식(여우 주연상, 안소니 아스퀴스상 수상)
제60회 골든 글로브 시상식(작품상-드라마, 여우 주연상-드라마 수상)
제55회 미국 작가 조합상(각색상 수상)
제28회 LA 비평가 협회상(여우 주연상 수상)

우리는 살아가고 있습니다. 그러나 산다는 게 무엇인지 잘 알지 못합니다. 그저 호흡하고 있는 것이 '산다'는 것은 아니라는 걸 잘 알고 있기 때문입니다. 우리는 평생을 '산다'가 무엇인지 알기 위해 탐구하고 또 탐구합니다. 그러다 보면 더 나은 삶을 꿈꾸는 우리를 발견하죠. 하지만 삶을 알아가는 과정이 이처럼 늘 쉽지만은 않습니다. 때로는 잘못된 방향으로 갈 때도 있고, 때로는 지쳐 버리기도 하고, 때로는 내가 누구이며 무엇을 원하는 사람인지 주체성을 잃기도 합니다.

삶의 방향성을 잃어버리거나 삶에 피곤함을 느끼는 경우, 시간이 조금 걸리더라도 이내 질퍽한 구렁텅이에서 빠져나올 수 있죠. 하지만 삶의 주체성을 잃어버린 경우엔 다릅니다. '내가 내 삶의 주인이 맞기는 한 것일까?'라는 의문이 연쇄적으로 따라오기 때문입니다. 당신의 오늘은 어떤가요? 이름을 잃어버린 채 누군가의 엄마, 누군가의 딸, 누군가의 동료로 살아가고 있지는 않나요? 혹 그 무게에 지쳐 나 자신이 누구인지 잊어버리지는 않으셨나요? 이렇게 삶이라는 긴 여정 중 난관을 맞닥뜨린 세 여성의 이야기를 담은 영화가 있습니다. 〈디 아워스〉가 바로 그것이죠.

÷

The Hours, 2002

1940년대 영국, 한 여성이 강으로 향하는 장면과 함께 영화는 시작됩니다. 그녀는 남편에게 지금껏 자신을 사랑해 주어서 고맙다고, 그와 함께했던 모든 순간은 정말 행복한 시간이었다는 유서를 남긴 채였죠. 이 여자의 이름은 '버지니아 울프'입니다.

이후 영화는 1950년대의 한 여성을 비춥니다. 다정한 남편 그리고 귀여운 아들과 함께 살고 있는 '로라 브라운'. 그러나 그녀의 얼굴은 너무나 어둡습니다. 버지니아 울프의 소설 『댈러웨이 부인』을 읽으며 오늘 오후, 자신도 버지니아 울프처럼 스스로 목숨을 끊기로 결정했기 때문입니다.

이번엔 2000년대를 살아가는 한 여성을 비춥니다. 동성 연인, 그리고 딸과 함께 살아가는 '클라리사 본'은 그 누구보다 안정적인 생활을 하는 것처럼 보입니다. 그러나 그녀에게는 가족보다 더 소중한 절친 '리처드'가 있습니다. 클라리사는 리처드를 간호하는 데에 대부분의 시간을 보내고 있죠. 에이즈 투병 중인 리처드는 그녀를 장난스레 '댈러웨이 부인'이라고 부르고는 했습니다.

시인인 리처드는 오늘 밤 유명 문학상을 받기로 예정되어 있었기에 클라리사는 역시나 그의 수상 기념 파티를 준비하는 데에 열성을 기울이는 모습을 보입니다. 하지만 리처드는 오늘따라 컨디션이 더 안 좋은 듯하죠. 육체적으로, 또 정신적으로 점점 더 피폐해지는 삶을 살고 있던 그는 더 이상 이런 생활을 이어 나가고 싶지 않기 때문이었습니다. 하지만 클라리사는 리처드를 보낼 수 없습니다. 아니, 보내고 싶지 않죠. 스스로 목숨을 끊으려는 리처드를 말리고 또 말립니다. 그렇게 오늘 밤 파티가 열릴 시간은 점점 가까워지죠. 서로 다른 시대를 살아가는 세 명의 여성이 한 영화의 주인공이 된 이유는 무엇일까요? 죽음의 그림자가 드리워지는 가운데, 이들은 '오늘'을 잘 버텨 낼 수 있을까요?

✛

이 영화 〈디 아워스〉에는 무려 니콜 키드먼, 줄리안 무어, 메릴 스트립과 같은 전설의 배우들이 대거 출연합니다. 모두 아카데미 여우 주연상을 받은 배우들인 만큼 연기력은 두말하면 입 아플 정도죠. 특히 니콜 키드먼은 이 영화에서 버지니아 울프를 연기하며 그해 아카데미 여우 주연상을 수상하는 영예를 누렸습니다. 그러나 이 영화는 출연진들의 연기력만이 뛰어난 작품은 아닙니다. 이에 못지않게 영화의 작품성 또한 굉장하기 때문이죠.

〈디 아워스〉는 퓰리처상과 펜 포크너상을 동시에 수상한 소설 『세월(디 아워스)』을 원작으로 하고 있습니다. 감독 스티븐 달드리는 복잡한 소설 속 내용들을 간결하지만 임팩트 있게 영상화했죠. 특히 영어가 모국어인 사람들조차 읽기 어렵다고 정평이 나 있는 버지니아 울프의 소설 『댈러웨이 부인』에 등장하는 인물과 문장들을 적절히 활용함으로써 이 작품에 어째서 그 소설이 등장해야만 하는지 정확히 설명해 내었습니다.

버지니아 울프는 '의식의 흐름 기법'의 개척자로, 혹은 우울증과 환청으로 인해 여러 번 자살 기도를 하다 끝내 자신의 코트를 돌로 가득 채운 뒤 강에 뛰어든 비운의 작가로 알려져 있습니다. 그리고 〈디 아워스〉는 이러한 버지니아 울프의 비극적 인생과 그녀의 작품 『댈러웨이 부인』을 매개체로 진행되는 영화입니다.

하지만 영화는 1920년대를 살아가는 버지니아 울프의 이야기만을 담고 있지는 않습니다. 앞서 말했듯 1951년 미국 LA에 살고 있는 로라, 그리고 2001년 미국 뉴욕에 살고 있는 클라리사의 비극적인 이야기도 함께 비추고 있기 때문입니다. 대체 세 사람의 인생에는 어쩌다 무시무시한 죽음의 그림자가 다가오게 된 것일까요? 세 여자를 이해하기 위해, 또 영화를 제대로 이해하기 위해서는 필수적으로 제가 앞서 언급했던 버지니아 울프의 소설『댈러웨이 부인』을 알아야만 합니다. 영화 속 세 여자의 인생에 지대한 영향을 끼친 작품이자 '의식의 흐름 기법'을 사용한 것으로도 유명한 울프의 소설『댈러웨이 부인』은 이렇게 시작됩니다.

영국 정치가의 아내이자 주위의 모든 것이 완벽해 보이는 여성, 클라리사 댈러웨이는 오늘 밤 열릴 파티 준비에 여념이 없습니다. 그러나 댈러웨이 부인은 그 완벽한 파티를 준비하면서 과거의 추억들이 떠오르는 것을 멈추지 못합니다. 특히 자신의 첫사랑 '피터 월쉬'와 나누었던 추억 가득한 시간이 자꾸만 떠올랐죠. 피터와 클라리사는 어렸을 적 꽤나 깊은 사랑을 나누었지만 결혼을 하지는 못했습니다. 과거 클라리사가 자유분방한 성격의 피터 대신 차분하고 미래가 훨씬 더 안정적인 지금의 남편 리처드 댈러웨이를 선택했기 때문이죠. 이러한 클라리사의 추억은 피터 또한 파티에 참석하면서 더욱 선명해집니다. 그러나 제1차 세계대전이 끝난 지 얼마 지나지 않았기에 이 상류층 여성이 살고 있는 런던엔 음울한 분위기가 감돌고 있습니다. 시끌벅적하지만 쓸

쓸한 런던 거리엔 여전히 죽음이 도사리고 있죠.

그날 오후 참전으로 인해 외상 후 스트레스 장애와 여러 정신병을 앓고 있던 '셉티머스'라는 남성이 창문에서 뛰어내리는 사건이 발생합니다. 이 시기 영국에선 스스로 목숨을 끊으려는 사람을 법적으로 격리 처분했고, 셉티머스는 정신 병원에 가는 것을 피하기 위해 목숨을 끊은 것이었죠. 이 사건은 댈러웨이 부인의 파티에서도 큰 화젯거리가 됩니다.

댈러웨이 부인은 셉티머스와 일면식도 없는 사이지만 그가 사망했다는 이야기를 듣고 서둘러 파티장을 빠져나옵니다. 그리고 홀로 방 안에서 삶과 죽음에 대해 깊은 고찰을 하게 되죠. 첫사랑 피터의 말대로 '안전한 감옥'을 선택한 것은 아닐까. 부패와 거짓 속에서 살다 보니 진짜 중요한 걸 잃어버린 것은 아닐까. 셉티머스라는 남성은 대체 어떠한 연유로 스스로 목숨을 끊은 것일까. 생각에 생각을 거듭하던 댈러웨이 부인은 시간이 조금 지나고 마침내 깨닫게 됩니다. 셉티머스의 충격적인 죽음은 오히려 댈러웨이 부인으로 하여금 삶의 아름다움을 느끼게 만들고 살아갈 용기를 주었다는 것을요. 그렇게 소설 『댈러웨이 부인』은 삶을, 그리고 죽음을 더 깊이 이해할 수 있게 된 클라리사 댈러웨이의 모습을 보여 주며 길었던 하루의 막을 내립니다.

영화 〈디 아워스〉 속 세 여성이 어떠한 방식으로 소설 『댈러웨이 부인』과 연관된 삶을 살았는지 이해하셨을까요? 첫 번째, 버지니아 울프는 『댈러웨이 부인』을 쓴 작가로 셉티머스처럼 PTSD(외상 후 스트레스 장애)와 여러 정신병을 앓았습니다. 소설 속 죽음에 대해 고민하는 두 인물 셉티머스와 댈러웨이 부인은 울프 자신을 투영한 캐릭터인 셈이죠. 두 번째, 로라 브라운은 『댈러웨이 부인』을 읽으며 버지니아 울프의 삶에 대해 고찰하고 끝내는 그녀처럼 자살 기도를 하려고 하고요. 세 번째로, 클라리사 본은 소설 『댈러웨이 부인』의 주인공 클라리사 댈러웨이와 동명이인이며 늘 죽음을 가까이에서 지켜보며 고뇌하고 있다는 점에서 그녀와 비슷한 삶을 살고 있죠. 무엇보다 소설 『댈러웨이 부인』이 영화 〈디 아워스〉와 가장 일맥상통하는 부분은 시대는 달라도 두 작품 모두 하루 동안 벌어지는 이야기를 그리고 있다는 점입니다. 그리고 이 하루는 그들의 일생을 전부 투영하고 있다는 것이고요.

하루가 반복되면 한 달이 되고 일 년이 되고 평생이 됩니다. 버지니아 울프는 소설을 통해, 감독 스티븐 달드리는 영화를 통해 네 여성의 하루를 보여 주며 그들이 지금껏 어떤 생각으로 살아왔는지 단편적이지만 곧 삶으로 연장되는 단 하루의 이야기를 통해 관객들에게 보여 주고 있는 것입니다.

2000년대를 살아가는 클라리사 본을 제외하고는(물론 그의 친구 리처드가 걸린 병, 에이즈에 대해서는 2000년대에도 그다지 관대하지 않았지만) 1920년대의 클라리사 댈러웨이, 1940년대의 버지니아 울프, 그리고 1950년대의 로라 브라운이 할 수 있는 일은 시대적 여건상 굉장히 한정적이었습니다. 여성으로서 그들이 할 수 있는 일이라고는 때가 되면 좋은 남편감을 찾아 행복한 가정을 꾸리고 아이를 낳는 것뿐이었죠. 파티와 만찬을 준비하는 여성들의 하루를 자세히 관찰하면 알 수 있습니다. 이들은 자기 자신이 결여된 인생을 살고 있다는 것을요. 특히 이름을 잃어버린 채 살고 있다는 것을요. 클라리사 페리는 상류층 사람들에게 '댈러웨이 부인'으로, 버지니아 스티븐은 집안사람들과 문학계에 '울프 부인'으로, 로라 지멜스키는 결혼을 하며 '브라운 부인'으로, 클라리사 본은 소설 『댈러웨이 부인』의 주인공과 비슷하다는 이유로 친구 리처드에게서 클라리사라는 이름 대신 '댈러웨이 부인'으로 불렸죠. 소설과 영화 속 인물들 그 누구도 자신의 진짜 이름으로 불린 적이 없습니다. 그러나 이 여성들은 앞서 말한 일반적인 사회적 흐름을, '자기 자신이 결여된 삶'을 거부하죠. 끊임없이 인생을 고찰하고 삶에 질문을 던지며 답을 찾기 위해 방황합니다. 내가 좋아하는 것은 무엇인지, 내가 추구하는 목표는 무엇인지, 내가 무엇을 해야 하는지 그녀들은 너무나 잘 알고 있습니다.

영화의 주인공 버지니아, 로라, 그리고 클라리사는 인생의 단 한 순간조차도 헛되이 보내지 않았습니다. 누군가의 아내, 누군가의 엄마, 누군가의 보호자로 살아가야만 했던 이들이 어느 순간 그 호칭의 무게에 짓눌려 삶과 죽음에 관한 고찰을 시작하는 내용의 이 영화는 관객으로 하여금 삶의 무게에 대해 생각하지 않을 수 없게 합니다. 나의 하루는 어땠는지, 하루 중 진정 나로 존재했던 시간이 얼마나 되는지, 나의 이름을 기억하고 있는지 삶을 돌아보지 않을 수 없게 되죠. 영화와 소설의 제목이 '디 아워스'인 이유도 여기에 있습니다. 'The Hour, 시간'이 모여 하루가 되고 결국 'The Hours, 세월'이 되니까요. 지금 이 순간 자신의 선택이 결여된 인생을 살아가고 있다면 영화 속 "삶과의 투쟁 없이는 평화도 없어요"라는 대사의 의미가 무엇인지 〈디 아워스〉를 보며 고민해 보시길 바랄게요.

한 권의 책과 세 명의 여자, 그리고 다른 시대와 같은 하루

이 여자가 삶 대신 죽음을 택하려는 이유,
영화 <멜랑콜리아>

< 멜랑콜리아 Melancholia, 2011 >

드라마 / 덴마크, 스웨덴, 이탈리아, 프랑스, 독일 / 136분

개봉: 2011. 05. 26.

감독: 라스 폰 트리에

주연: 커스틴 던스트, 샤를로뜨 갱스부르

제64회 칸영화제(여우 주연상 수상)
제24회 유럽영화상(유러피안 작품상, 유러피안 촬영상, 유러피안 미술감독상 수상)
제38회 새턴 어워즈(최우수 여우 주연상 수상)
제46회 전미 비평가 협회상(작품상, 여우 주연상 수상)

지금까지 살아오면서 우울이라는 감정을 몇 번이나 느껴 보셨나요? 아마 이 우울이라는 감정이 무엇인지 모르시는 분들은 없을 거예요. 쥐 죽은 듯 다가와 우리를 휘감아 버리고는 깊은 괴로움을 전하죠. 사람에 따라 그 정도와 지속 시간은 다르겠지만 이 우울감은 대부분 언제 그랬냐는 듯 사라지고는 합니다. 때로는 '또 시작이네'라며 대수롭지 않게 여기기도 하고요. 하지만 우울이 우리를 찾아오는 빈도가 날이 갈수록 잦아진다면 더 이상 가볍게 바라볼 수 없는 상태가 되고 맙니다. 우울과 우울증은 다른 차원의 이야기이니까요. 우울감이 소나기라면 우울증은 장마 기간에 내리는 폭풍우와도 같죠. 잠시 후면 멈출 것이 분명한 소나기와 몇 날 며칠이 지나도 끝날 기미가 보이지 않는 장마는 피해의 정도도 다르니까요.

저의 절친한 친구는 오랜 기간 우울증으로 인해 혼자만의 싸움을 이어 갔습니다. 매사에 긍정적이던 친구가 매사에 부정적으로 변했고 차곡차곡 계획하던 모습은 온데간데없이 의미 없는 걱정을 많이 하며 의욕을 점차 잃어 갔습니다. 미래에 비관적인 모습이 되었죠. 저는 친구를 사랑했기에 이해해 보려 노력했지만 폭풍우를 경험해 보지 않은 사람이 폭풍우의 무서움을 알 턱이 없었습니다. 한 걸음 다가가면 두 걸음 멀어지고 있는 것만 같았어요. 그러던 중 저는 이 영화 〈멜랑콜리아〉를 접하게 되었습니다. 그리고 깨달았습니다. 제 친구가 사는 세상이 어떠한지요.

살아가며 깊은 우울을 자주 느껴 본 분들이라면 꼭 이 영화를 보셨으면 좋겠습니다. 나의 고립된 세상이 비정상적인 것이 아니라고, 누군가는 진심으로 이해하고 있다고 느끼실 수 있을 테니까요. 또 우울증을 그저 가벼운 마음의 감기나 부르주아적 사치라고 여기는 분들 역시 이 영화를 보셨으면 합니다. 내가 알지 못하는 세상이 명백히 존재하고 있음을 알게 되실지도 모르거든요.

+

Melancholia, 2011

영화는 1부 저스틴과 2부 클레어로 나뉘어져 있는데 시작부터 아주 강력한 자체 스포일러를 포함하고 있습니다. 약 8분간 지구가 '멜랑콜리아'라는 소행성과 충돌하는 장면을 보여 주기 때문이죠. 감독은 지구가 망하는 것을 먼저 보여 주고 진짜 이야기를 시작하려는 것입니다. 따라서 우리도 이 영화의 포커스를 지구 종말보다는 종말이 다가오는 세상을 살아가고 있는 주인공의 태도에 집중할 필요가 있겠습니다. 다소 SF적인 이야기를 통해 〈멜랑콜리아〉는 너무나 현실적으로 우울과 불안에 대해 설명하기 시작합니다.

1부. 예비 신랑과 함께 결혼식장으로 향하는 여자 '저스틴'이 있습니다. 리무진을 타고 으리으리한 성으로 향하던 그녀는 차가 도통 움직이지 못하는 탓에 자신의 결혼식에 지각을 해 버렸습니다. 결혼식을 올리기도 전에 언니 '클레어'에게 꾸중을 듣죠.

식이 시작되고 여느 평범한 신부처럼 보이던 저스틴은 언니가 형부와 함께 큰돈을 들여 준비해 준 이 성대한 결혼식이 과연 잘 마무리될 수 있을지 고민하기 시작합니다. 극심한 우울증 환자였던 그녀는 일상적인 행동도 늘 버거웠거든요. 하지만 오늘만큼은 억지로 웃어 보려 노력하는 그녀입니다. 언니의 기대에 걸맞은 사람이 되고 싶은 듯하죠. 그저 아무런 문제 없이 예식을 잘 마무리할 수 있기만을 빌 뿐입니다. 그러나 신혼부부의 탄생을 축하하며 덕담을 나누어야 하는 축사 시간은 이혼한 부모님의 언쟁, 언니 클레어의 닦달, 개념 없는 직장 상사의 업무 강요 등으로 인해 난장판이 되어 버리고 맙니다. 이를 지켜본 저스틴은 극심한 스트레스를 받고 하객들이 찾지 못할 곳으로 자리를 옮깁니다. 숨 쉴 공간이 필요했던 그녀였죠. 뒤따라온 남편의 위로에도 좀처럼 기운을 내지 못하던 그녀는 결혼식장 안의 그 누구와도 대화를 나누고 싶지 않은 듯합니다. 남편이 준 결혼 선물도 내팽개치고 어두운 방에 박혀 혼자만의 시간을 갖던 저스틴. 하지만 힘을 조금은 더 내 보고 싶었는지 어머니에게 대화를 요청합니다. 하지만 이 대화는 '나가'라는 어머니의 차가운 목소리와 함께 끝나버리고 맙니다. 할 말이 있으니 부디 시간 좀 내달라는 저스틴의 부탁에도 아버지는 젊은 여자 둘과 결혼식장을 서둘러 떠납니다.

우울해하는 동생을 보자 언니 클레어는 자신이 곱게 차려 준 밥상에 숟가락만 얹는 것도 힘이 드냐며 저스틴을 크게 타박합니다. 꼭 우울한 티를 내야 했느냐는 말과 함께 문을 박차고 나간 언니. 세상 그 누구도 저스틴이 오늘 결혼식을 잘 끝내려 부단히 노력했다는 사실을 인정해 주지 않습니다. 눈물을 흘리며 멍하니 닫힌 문을 바라보던 그녀는 결심합니다. 옆에 있는 책장으로 다가가 여러 권의 미술책을 꺼내더니 홀린 듯 펼쳐 놓고는 이내 방을 나가 버리죠.

2부. 결혼식 이후 저스틴은 아주 오랜 기간 정신 병원에 머물 렀습니다. 치료 후 퇴원했음에도 시체와 다름없는 생활을 하고 있던 그녀. 얼마 뒤 '멜랑콜리아'라는 이름의 소행성이 지구를 향해 날아오고 있다는 소식이 들려오고 무슨 이유에서인지 저스틴은 생기를 되찾아갑니다. 삼키지 못하던 음식을 먹고 침대에서 일어나 승마를 즐기죠. 언니 클레어는 이런 동생의 모습이 낯설지만 싫지 않습니다. 그러나 이번엔 클레어가 달라졌습니다. 모든 과학자가 입을 모아 지구와 소행성 충돌은 없을 것이라고 단언했지만 클레어는 넘치는 불안을 주체하지 못했기 때문입니다.

늘 불안정하던 저스틴과 늘 안정적이던 클레어. 지구를 향해 다가오는 행성이 이들에게 어떤 내면의 변화를 일으킨 것이며 희망을 놓은 채 살았던 저스틴을 다시 움직이게 한 것은 무엇일까요? 클레어는 다시 전과 같이 안정을 찾을 수 있을까요?

✢

라스 폰 트리에 감독의 뮤즈인 배우 샤를로트 갱스부르는 이 영화에서 언니 클레어 역을 맡으며 그녀 인생 최고의 연기를 선보였고 동생 역을 맡은 커스틴 던스트 또한 극심한 우울증 환자

저스틴을 완벽하게 소화해 내며 영화가 개봉한 2011년, 두 배우는 전 세계의 뜨거운 관심을 받았습니다. 특히 〈스파이더맨〉 시리즈, 〈이터널 선샤인〉과 같은 영화들을 통해 할리우드의 귀여운 스타로 자리매김했던 커스틴 던스트는 이 영화 〈멜랑콜리아〉를 통해 칸 영화제와 전미 비평가 협회에서 여우 주연상을 수상하며 진정한 연기파 배우로 거듭나기도 했죠. 그러나 이러한 눈부신 성과는 그녀가 삶의 어두운 면을 실제로 경험해 보았기에 가능한 일이었습니다. 커스틴 던스트는 실제로 극 중 저스틴처럼 심한 우울증을 앓았거든요. 이 때문에 꽤 오랜 시간 스크린에 모습을 비추지 못했고요. 커스틴 던스트에게 있어 저스틴은 내면의 자신이었던 것입니다.

주연 배우뿐만 아니라 연출을 맡은 감독 라스 폰 트리에도 몇십 년간 우울증을 앓고 있었던 사람으로 '〈멜랑콜리아〉는 그저 나에 대한 설명을 늘어놓은 것뿐이다'라는 말을 하기도 했습니다. 이 작품의 제목 자체도 '우울증'이라는 뜻을 가진 영단어 'Melancholia'이며 우울증을 앓고 있는 환자가 우울증이라는 이름을 가진 행성에 의해 죽음을 맞이하는 결말은 너무나 잘 어울리는 듯하죠.

많은 영화계 종사자와 관객들은 〈멜랑콜리아〉를 역사상 우울증을 가장 잘 묘사한 영화라고 부르기도 합니다. 그 예로 이 작품의 오프닝은 약 8분간 아주 느린 슬로우 모션으로 연출되었 죠. 이는 우울증의 대표적 증세인 현저히 느린 언행, 무기력함과 우울감의 지속, 사고력 및 집중력 저하 등을 반영한 것으로 우울 증 환자들의 사고방식과 육체적으로 발현되는 이상 행동을 고스 란히 시각화하여 스크린에 옮겨 놓은 것입니다. 우울증이라는 이 름의 질퍽한 진흙이, 끈질긴 넝쿨들이 나를 붙잡고 있는 것만 같 아서 말과 행동, 머릿속에서 하는 상상조차 느려져 버린다는 것 을 표현한 셈이죠. 감독이 설명하는 우울증을 보다 깊게 이해하 기 위해서는 영화 속에 녹아든 여러 예술을 조금 세분화할 필요 가 있을 것 같아 '미술, 문학, 음악, 그리고 철학', 네 가지로 나누 어 이야기를 해 보겠습니다.

1장의 저스틴은 결혼식을 성공적으로 끝내기 위해 부단히 노 력했습니다. 자신의 우울증을 숨기려고도 해 보고 부모님에게 끊 임없이 도움을 청하며 희망의 끈을 놓지 않았지만 유일하게 의지 하던 언니 클레어마저 자신에게 큰 실망을 하고 떠나가면서 가까 스로 붙들고 있던 이성의 끈을 놓아 버렸습니다. 우울증을, 그리 고 이 지긋지긋한 삶을 끝내기로 결심한 것이었죠. 라스 폰 트리 에 감독은 이 결심을 미술 작품으로 표현해 내었는데, 언니와의 말싸움 이후 저스틴이 눈물을 흘리며 투박하게 펼쳐 놓은 세 작품이 바로 그것입니다.

『Hunters in the Snow』, 1565, Pieter Bruegel the Elder
『눈 속의 사냥꾼』, 피터르 브뤼헐

　오프닝 시퀀스에도 등장하는 그림, 대(大) 피터르 브뤼헐의 『사냥꾼의 귀가』는 화가가 자신의 최고 전성기 시절 완성한 작품으로 혹독한 추위 속 겨울을 나고 있는 한 마을 사람들을 표현한 작품입니다. 하얀 눈이 쌓인 이 마을은 매우 아름다워 보이지만 왼쪽 하단에 위치한 그림의 주인공인 사냥꾼들은 너무나 절망적입니다. 사냥개들을 잔뜩 끌고 나갔음에도 그들이 잡아 온 오늘의 일용할 양식은 아주 작은 여우 한 마리뿐이기 때문이죠. 가장인 사냥꾼들이 썰매를 타고 있는 어린 자식과 아내들에게 이 사실을 전하기란 결코 쉽지 않았을 겁니다. 절망적인 현실을 누군가에게 털어놓는다는 건 너무나도 괴로운 일이니까요. 라스 폰 트리에 감독은 이 그림을 통해 가족들에게만큼은 털어놓고 싶은 괴로움이 있었지만 쉽게 꺼낼 수 없었던 저스틴의 처지를 표현해 내었습니다.

『David with the Head of Goliath』, 1610, Michelangelo Merisi da Caravaggio
『골리앗의 머리를 든 다윗』, 미켈란젤로 메리시 다 카라바조

두 번째로, 저스틴은 카라바조의 『골리앗의 머리를 든 다윗』을 선반에 올려놓기도 했는데요. 전사 골리앗과의 싸움에서 승리를 차지한 소년 다윗의 모습을 묘사한 걸작입니다. 카라바조는 엄청난 재능을 소유한 화가였지만 말도 안 되는 불같은 성격의 소유자였고 결국 살인이라는 엄청난 죄를 저질러 도피 생활을 시작하기에 이르렀죠. 그러나 도피 생활에 지친 카라바조는 이 그림을 교황에게 선물하여 특별 사면을 받고자 했습니다. 자신이 죄를 뉘우치고 있다는 것을 강조하기 위해 목이 잘린 골리앗의 얼굴에는 타락한 범죄자인 현재 자신의 얼굴을, 정의를 구현한 다윗의 얼굴에는 순수했던 과거 소년 시절 자신의 얼굴을 그려 넣었죠. 이중 초상을 그려 자기 스스로를 죽임으로써 자신을 벌하고 나름대로의 '정의'를 실현한 셈입니다. 실제로 이 그림 덕분에 사면을 받기도 했고요. 더 재미있는 점은 주인공 '저스틴'이라는 이름의 어원도 정의(Justice)라는 것인데요. 즉, 그녀가 눈물을 흘리며 이 그림을 선반 위 잘 보이는 곳에 올려놓았다는 것은 이제 저스틴에게도 정의란 화가 카라바조가 그랬듯 '스스로 목숨을 끊는 것'이라고 해석할 수 있겠습니다.

　　세 번째 그림은 문학과 함께 이야기해야 할 것 같습니다. 그
녀가 펼쳐놓은 명화는 존 에버렛 밀레이가 그린 『오필리아』로 셰
익스피어의 『햄릿』 속 '오필리아'의 죽음을 묘사한 작품입니다.
〈멜랑콜리아〉의 포스터와 오프닝 씬에서 이 그림을 레퍼런스 하
기도 했죠. 오필리아는 문학 세계에서 가장 유명한 우울증 환자
중 한 명으로, 친아버지가 자신의 연인 '햄릿'에게 살해를 당한
인물입니다. 이 사선은 실수로 벌어진 일이었지만 살인은 결코
용서받을 수 있는 것이 아니었습니다. 햄릿은 일국의 왕자임에도
조국 덴마크에서 추방당하죠. 오필리아는 사랑하는 연인이 자신

의 아버지를 죽었다는 슬픔에 정신을 놓아버린 채 살아가게 되고요. 이후 슬픔을 견디지 못한 그녀는 강물에 뛰어들어 스스로 목숨을 끊습니다.

보통 예술 작품에서 물에 누워 꽃을 들고 있는 건 오필리아를 오마주 했다고 보면 되는데, 동시에 그 누워있는 캐릭터가 지독한 우울증을 앓고 있다고 해석하면 좋습니다. 하지만 오필리아의 죽음을 묘사한 이 그림을 보면서 그림 속 오필리아의 모습이 섬뜩하고 괴기스럽다기보다는 오히려 평온해 보이고 심지어는 아름다워 보인다는 느낌을 받지는 않으셨나요? 감독이 전하고자 하는 메시지가 바로 이것입니다. 무의미하고 힘든 삶을 타당한 이유 없이 지속하는 것보다는 '가치 있는 죽음'이 오필리아와 저스틴 같은 누군가에게는 삶의 연장선일 수도 있다고요.

영화가 진행되는 내내 언니 클레어의 아들은 저스틴을 '강철 브레이커 이모'라고 부르며 '마법 동굴 지어주세요!'라고 말합니다. 이것이 무엇을 의미한다고 생각하시나요? 저는 철학, 특히 플라톤의 『국가』에 나오는 '동굴의 비유'가 생각이 나는데요.

플라톤과 그의 스승 아리스토텔레스는 인간은 동굴 안에 갇힌 죄수들과 같다고 말했습니다. 죄수들은 손과 목이 결박된 채 어두운 동굴 벽만을 바라보아야 하고 고개도 돌릴 수 없기에 밝은 빛이 들어오는 입구가 있다는 것조차 알지 못합니다. 그러나 그들의 등 뒤에 있는 횃불이 그림자를 만들어 죄수들은 그림자가 '실재'라고 믿게 되죠. 정말 실재하는 것들은 동굴 밖에 있는 것임에도 검은 그림자로 만들어진 세상이 진짜라고 믿게 된 것입니다.

그러던 어느 날 한 죄수가 갑자기 풀려나게 됩니다. 이 덕분에 처음으로 동굴 밖을 나가게 된 죄수는 태양이 만들어 낸 빛이 '진리'라는 것을, 횃불이 만들어 낸 그림자는 '허상'이라는 것을 깨닫죠. 동굴 밖을 경험한 죄수가 다시 동굴에 돌아와 이를 모두에게 말해 주지만 동굴 안에만 있던 죄수들은 그를 비웃으며 조롱합니다. 이후 진리를 경험한 죄수들은 동굴 밖에서 새로운 세상과 함께 살아가지만 몇몇은 스스로 다시 족쇄를 차고 그림자가 애써 '실재'라고 믿으며 살아가죠.

이처럼 플라톤은 우리는 눈을 갖고 있으니 고개를 돌려 동굴 밖에서 진리를 찾고 배워야 한다고 주장했습니다. 그리고 앞서 말했듯 주인공 저스틴은 조카에게 '강철 브레이커 이모'라고 불립니다. 즉, 그녀는 동굴 속에 갇혀 있다 족쇄(강철)에서 풀려난 죄수(브레이커)라는 뜻이죠. 평범한 현실(동굴 안)에 갇혀 있다 우울증 혹은 정신병이라는 세상의 다른 면(동굴 밖)을 보게 된 사람임을 비유한 것입니다. 클레어-저스틴 자매의 부모를 포함, 주변 지인들의 무관심한 태도는 진리를 경험한 죄수를 비웃는 동굴 안에만 있던 다른 죄수와 흡사한 모습을 보입니다. 자신들이 아는 세상이 전부인 그들에게 우울증(동굴 밖)을 이겨 내려 무던히 노력하던 저스틴은 그저 우스운 사람일 뿐인 거죠.

　지금까지는 계속해서 영화의 시각적인 부분에 대해 이야기 했다면 이젠 청각적인 부분에 대해서도 이야기해 보려고 합니다. 영화의 오프닝엔 8분이 넘도록 바그너의 『트리스탄과 이졸데』의 전주곡(Prelude)이 흘러나오는데 이 『트리스탄과 이졸데』는 플라토닉 사랑을 추구한 연인들의 이야기로 중세 로맨스의 극치를 표현한 작품으로 알려져 있죠. 바그너의 가장 아름다운 곡 중 하나라고 불리기도 합니다. 그러나 이와 별개로 트리스탄과 이졸데의 사랑은 사실 이루어질 수 없는 것이었습니다. 삼촌을 대신하여 삼촌의 아내 될 사람을 마중 나갔던 트리스탄이 예비 숙모인 이졸데를 보고 사랑에 빠졌고, 이졸데는 예비 조카인 트리스탄을 보고 한눈에 반한 뒷이야기가 있었기 때문이죠. 이도 모자라 사랑의 도피를 감행한 두 사람은 결국 비극적 죽음을 맞이하기도 했고요.

　어긋난 관계인 것은 분명하나 많은 예술가는 트리스탄과 이졸데의 사랑을 사회적 통념에만 국한하지 않았습니다. 바그너와 같은 예술가들이 이 비극을 극한의 아름다움으로 승화시켰거든요. 라스 폰 트리에 감독 또한 비극적 아름다움의 극치를 표현한 이 곡을 영화 속에 무려 11번이나 삽입함으로써 자신과 같은 우울증 환자들에게 죽음이나 세상의 종말은 트리스탄과 이졸데의 사랑처럼 너무나도 아름답다고 표현하였죠.

이 영화는 우울증을 앓고 있는 사람들에게 죽음을 장려한다거나 죽음만이 정답이라고 말하려는 것은 아닙니다. 그저 '당신이 정의하는 행복이란 것이 누군가에게는 불행이 될 수 있고 당신에게 있어서의 불행이 누군가에게는 행복이 될 수 있다는 사실을 인지해라. 우리가 느끼는 삶은 이렇다'라고 말하고 있는 것이죠. 만약 이 영화를 보시고 지구의 종말이 다가올수록 차츰 변해가는 저스틴을 조금이라도 이해하셨다면 라스 폰 트리에와 함께 '동굴 밖' 진리를 체험해 보신 것이 아닐까 하는 생각이 드네요.

당신이 재앙이라고 느끼는 불행이
누군가에게는 행복이라는 것을 왜 모르는가

인생의 끝을 마주하자
비로소 인생이 무엇인지 알게 된 여자의 이야기,
영화 <베로니카, 죽기로 결심하다>

< 베로니카, 죽기로 결심하다

Veronika Decides To Die, 2009 >

드라마 / 미국 / 102분

개봉: 2015. 01. 20.

감독: 에밀리 영

주연: 사라 미셸 겔러, 조나단 터커, 데이빗 듈리스

'끝'이라는 단어는 짧지만 강렬합니다. 많은 사람은 이 단어를 보고 지레 겁을 먹기도 하죠. 곧 다가올 데드라인의 압박에 진땀을 흘리기도 하고요. 하지만 때로 '끝'은 곧 '시작'입니다. 특히 우리의 인생이 그렇죠. 인생 전반전이 끝나면 본격적인 후반전이 다가오고는 합니다. 그리고 전반전에 발견하지 못했던 소중한 것을 후반전에 발견하기도 하죠. 이번 후반전에는 진정으로 내가 원하는 것을 얻을 수 있으리라 스스로를 믿어 보기도 하고요.

그러나 인생의 소중한 것을 발견하고 나서도 '이렇게 찾기 쉬운 것을 왜 더 빨리 발견하지 못했을까?'라는 자책과 후회가 밀려올 수 있습니다. 혹은 이 소중한 것을 지키기에 내가 너무 늙어버린 것은 아닐까, 너무 늦어버린 것은 아닐까 걱정이 들 수도 있겠죠. 그러나 여기서 중요한 건 결국 우리는 '찾았다'는 것입니다. 인생에 있어 두 번째 기회가 있음을 우리는 믿을 수 있게 되었다는 것이죠.

영화 〈베로니카, 죽기로 결심하다〉는 삶의 후반전을 믿지 않던 여자가 죽음이라는 낭떠러지를 맞닥뜨린 후 비로소 진짜 인생을 살기 시작한 이야기를 담고 있습니다. 만약 무엇인가를 시작하기에 이미 늦어 버렸다는 생각이 드신다면 이 영화를 통해 잊고 있던 삶의 의미를 다시 찾아 보시길 바랄게요. 그리고는 알게 되실 거예요. 많이 힘들었던 내 인생의 전반전은 이미 끝이 났고 후반전이 시작되었다는 것을요. 그리고 영화 〈베로니카, 죽기로 결심하다〉는 이렇게 시작합니다.

-╬-

Veronika Decides To Die, 2005

인생이 회의감으로 가득 찬 여자 '베로니카'는 퇴근 후, 오늘 밤 스스로 목숨을 끊기로 결심했습니다. 어떤 희망도 없어 보이는 베로니카에게 삶은 짐일 뿐이었죠. 오늘 밤 행할 일은 이미 머릿속에서 수백 번도 더 상상해 보았기에 베로니카는 쉽게 실행할 수 있으리라 믿었습니다. 하지만 세상을 떠나기에 앞서 흔적은 꼭 남겨야 하는 법. 베로니카는 유서를 작성하기 시작합니다. 처음엔 자신의 죽음은 부모님의 잘못이 아니라는 말을 쓰던 그녀,

곧 이를 지우더니 생뚱맞게 한 패션 잡지의 문구에 대한 비판을 적습니다. 이 말이 그녀가 세상에 남기는 마지막 말이었죠. 그리고 셀 수도 없이 많은 약을 한꺼번에 먹은 베로니카는 쓰러집니다. 하지만 세상은 아직 그녀를 놓아주려 하지 않았던 걸까요. 이 일을 실행하기 전 시끄럽게 켜 둔 음악 덕분에 이웃은 쓰러진 그녀를 발견하죠.

그렇게 베로니카는 앰뷸런스를 타고 '빌레트'라는 정신 병동으로 오게 됩니다. 혼수상태에서 깨어난 그녀는 자신이 죽지 못했다는 사실에 분개하는데, 곧 주치의로부터 충격적인 이야기를 듣게 됩니다. 자살 기도를 하며 복용한 다량의 약물이 베로니카의 심장에 심한 손상을 입혔고 이제 베로니카에게 남은 수명은 단 일주일뿐이라고요. 이 말을 들은 베로니카의 무의미한 삶은 극적으로 변화하기 시작합니다.

이 영화의 원작은 1998년 파울로 코엘료의 소설 『베로니카, 죽기로 결심하다』입니다. 아마 소설 『연금술사』의 작가로 많이들 알고 계실 텐데요. 파울로 코엘료는 10대 시절, 실제로 정신 병동에 자주 입원했던 경험이 있기에 소설의 디테일에 신경을 쓸 수 있었다고 알려져 있죠. 본격적인 영화 이야기에 앞서 원작 이야기도 조금 들려 드릴까 합니다.

영화와 소설의 가장 큰 차이점은 베로니카가 스스로 목숨을 끊는 장면이라고 할 수 있어요. 원작에서의 베로니카는 퇴근 후 집에서가 아닌 오후 네 시경 자신이 세 들어 살고 있는 수녀원에서 삶을 끝내기로 결심합니다. 이후엔 한 패션 잡지의 문구에 관한 비평이 아닌 자신의 조국 슬로베니아가 어디에 있는지 그 역사에 관한 유서를 작성하죠. 물론 영화에서도 원작에서도 그녀가 유서에 쓴 이러한 내용들이 정말로 죽음을 결심하게 한 계기는 아니었습니다. 그녀가 죽음을 선택한 진짜 이유는 첫째, 앞으로 자신에게 펼쳐질 삶의 모든 것이 너무 뻔했기 때문이고, 두 번째로는 조금 철학적인 이유인데 세상의 모든 상황은 점점 나빠지고 있지만 자신이 할 수 있는 건 아무것도 없다는 무능력함 때문이었죠.

이외에도 영화는 베로니카가 빌레트라는 정신 병동으로 호송되며 '에드워드'라는 남자를 만나 사랑에 빠지는 이야기와 함께 전개되지만 원작은 로맨스보다는 빌레트 안에 있는 환자들 개개인의 이야기에 주목합니다. 영화 속 빌레트는 꽤나 자유로운 모습이지만 소설 속 빌레트는 조금 무서운 분위기이기도 하죠.

영화 초반, 빌레트로 실려 온 베로니카는 의료진들에게 무척 퉁명스럽게 대하며 심지어 도망치려는 모습을 보이기도 했습니다. 그러나 어느 순간, 그녀는 빌레트에서의 삶을 즐깁니다. 이유는 무엇일까요? 베로니카는 정신 병동에 수감되고 난 뒤 처음으로 미친듯이 피아노를 치며 진정한 자유를 느낍니다. 어렸을 적 명문 음대에 합격했음에도 부모님의 반대로 음악을 포기해야 했던 그녀. 인생의 끝자락에 와 비정상적인 사람이 가득한 정신 병동에 갇히고 나서야 온전히 자신의 마음이 시키는 대로 살아갈 수 있게 된 것이죠.

전 이 작품을 보면서 베로니카가 죽음을 선택한 이유를 조금은 이해할 수 있었습니다. 그녀는 어쩌면 그 누구보다 삶에 굉장한 열정이 있던 사람이기에 오히려 삶이 너무 미워져 마음의 병을 얻은 것은 아닐까요? 스스로에게 네 삶의 주인이 누구인지 질문을 던지는 베로니카를 보며 누군가는 가진 자의 배부른 고민이라고 말할 수 있지만 어쩌면 자신의 마음을 깊게 탐구하는 것이야말로 인간으로 태어났다면 죽기 전에 꼭 해야 하는 일이 아닐까 생각이 듭니다. 이처럼 시간이 덧없이 흘러가자 베로니카는 의미 없는 삶을 끝내려 영화 초반과 같이 극단적 선택을 하게 되었을 것이고요. 하지만 베로니카는 죽음을 정말로 코앞에 맞닥뜨린 순간, 삶을 의미 있게 살아간다는 것이 무엇인지 비로소 깨달았습니다. 이때 저는 한 구절이 떠올랐습니다. '메멘토 모리', 죽음을 기억하라는 유명한 라틴어 구절이요. 베로니카의 주치의가 어째서 영화의 마지막 '죽음에 대한 자각은 우리를 더 치열하게 살도록 자극한다'라는 말을 했는지도 알겠고요.

영화 속 베로니카에게는 행복한 순간이 몇 번 있었습니다. 유서를 쓰며 죽음을 기다릴 때, 그리고 수명이 일주일밖에 남지 않았다는 것을 알게 된 이후의 매일이 바로 그 행복한 순간이었죠. '난 언젠가는 죽을 것이다'와 '난 일주일 후에 죽을 것이다'는 정말 다른 개념입니다. 만약 베로니카처럼 당장 일주일 후에 죽을 것이라는 선고를 받는다면 어떤 일을 해 보고 싶으신가요? 아마 평소 해 보고 싶었지만 어떠한 이유로 할 수 없었던 일을 해 보려고 하시지는 않을까요? 죽기 전에 후회하고 싶지 않아서요.

〈베로니카, 죽기로 결심하다〉를 보고 있자면 그저 태어난 김에 오늘을 산다는 것은 인생을 제대로 살지 못하고 있는 것이란 생각이 들곤 합니다. 이 영화는 죽음은 언젠가 분명히 다가오기에 삶의 매 순간을 소중히 하라고 말하고 있습니다. '매일을 기적으로 여기며 살아가겠지'라는 영화의 마지막 대사, 이 말을 따라가셨으면 좋겠어요. 누가 뭐래도 인생은 소중하니까요. 언제 유효 기간이 끝날지 모르는 여정에서 때로는 삶이 아닌 죽음을 생각해 보아야 하는 이유를 이 영화와 함께 찾으시길 바라요.

삶이 곧 기적이라는 것을 알게 된 베로니카, 살아남기로 결심하다

TAKE 002

사랑이
어려워
우리는
다시
영화를 본다

추억은 아무런 힘도 없다고 믿는
당신이 꼭 봐야 하는, 영화 <첨밀밀>

< 첨밀밀 Comrades: Almost A Love Story, 1996 >

멜로, 로맨스 / 홍콩 / 118분

개봉: 1996. 11. 02.

감독: 진가신

주연: 여명, 장만옥

제2회 홍콩금자형장(작품상, 감독상, 여우 주연상, 남우 조연상, 각본상, 촬영상 수상)
제23회 시애틀국제영화제(관객상-작품상 수상)
제42회 아시아 태평양 영화제(여우 주연상 수상)
제16회 홍콩금상장영화제(작품상, 감독상, 각본상, 여우 주연상, 남우 조연상, 촬영상, 미술상,
　　의상&메이크업상, 영화음악상 수상)

'지나간 일을 돌이켜 생각한다'라는 뜻을 가진 단어, 추억. 이 추억이라는 말은 듣는 것만으로 기분이 좋아지기도 하지만 동시에 슬픔을 불러일으키기도 합니다. 다시는 되돌아갈 수 없는 과거의 특정한 시간을 그리워할 때 사용하는 말이기 때문이죠. 현재와 미래는 노력한다면 충분히 바뀔 여지가 있지만 과거는 이미 지나간 옛 시간과 사건의 집합체이기에 바뀔 수 없습니다. 이러한 이유로 많은 사람은 추억은 아무런 힘이 없다고 말합니다. 과거는 그저 과거일 뿐이고 추억은 그저 추억일 뿐이라며 앞만 보고 걸으라 하죠. 그러나 이 말이 모든 사람에게 적용되는 말은 아닌 듯합니다. 누군가에게 추억은 현재를 살아갈 수 있는 원동력이 되기도 하고 괴로운 현실을 이겨 내게끔 만들어 주는 큰 힘이 되기도 하니까요.

우리는 가끔 상식적으로 이해가 가지 않는 길을 선택합니다.

때로는 스스로에게 떳떳하지 못한 행동을 했던 나 자신이 떠올라 후회를 하기도 할 거예요. 그렇게 어제의 일은 추억이 되고 그 추억은 오늘의 나를 만듭니다. 시간이 흐르며 현재의 나는 미래의 나를 만들겠죠. 이 말은 즉, 우리는 매 순간 최선의 선택을 해야 하고 매 순간 진심을 다해야 한다는 뜻이기도 할 거예요. 지금의 나를 만든 과거를 떠올리고 싶지 않은 추억으로 남기지 않기 위해서라도요.

영화 〈첨밀밀〉은 매 순간 상대방에게 진심을 다하지 못했던 두 청춘의 가슴 시린 이야기를 담고 있는 작품입니다. 특히 '추억은 아무런 힘도 없다'는 선입견을 없애 줄 수 있는 영화이기도 할 거예요. 〈첨밀밀〉은 말하고 있습니다. 지금 이 순간 솔직하지 않으면 우리는 우리가 원하는 그 어떤 것도 쟁취할 수 없다고요. 영화는 '소군'과 '이교'라는 두 남녀의 이야기를 통해 이 복잡하고도 간단한 메시지를 들려주고 있습니다.

-¦-

Comrades: Almost A Love Story, 1996

이제 막 돈을 벌기 위해 중국 내륙에서 홍콩으로 오게 된 청년 '소군'은 반짝이는 도시의 모든 것이 어색하기만 합니다. 더구나 홍콩에서 널리 쓰이는 언어인 광둥어를 하지 못해 어려움을 겪고 있죠. 어느 날 그는 햄버거를 먹으러 맥도날드에 가는데, 그곳에서도 광둥어를 하지 못해 난감한 상황을 맞닥뜨리게 됩니다. 이때 맥도날드에서 일하고 있던 '이교'를 만나며 홍콩에서 살아남는 여러 방법을 배웁니다. 그녀는 소군에게 광둥어 뿐만 아니라 영어도 필수적으로 배워야 한다며 소군을 영어 학원으로 데려다주는 친절한 모습까지 보입니다.

하지만 이교는 사실 소군처럼 갓 홍콩으로 온 순진한 청년들에게 홍콩 생활 비법을 전수하는 척하며 영어 학원에 결제하게 만든 뒤 학원과 작당해 수수료를 받아 가는 일을 하고 있었습니다. 그녀는 심지어 소군과 같은, 홍콩으로 돈을 벌러 온 중국 내륙인이었죠. 모두가 치열한 경쟁을 벌이는 홍콩에서 살아남기 위해 홍콩인인 척 필사적으로 돈을 벌고 있는 것이었습니다. 중국 내륙인이라면 일단 무시하고 보는 홍콩인들의 편견에서 벗어나기 위한 행동이기도 했습니다.

자신이 사기를 당했다는 것을 눈치챌 때도 되었건만 며칠이 지나도 순수한 소군은 이를 알지 못했습니다 그렇기에 소군은 이교에게 진심으로 고맙다고 말하기도 하죠. 이교는 이런 소군의 모습에 크게 당황하고 두 사람은 어느 순간부터 동질감을 느끼며 아주 가까운 친구 사이로 발전하게 되죠. 그리고 곧 이 두 남녀 사이엔 묘한 기류가 흐르고 소군은 고향에 약혼녀가 있음에도 불구하고 결국 넘지 말아야 할 선을 넘습니다. 큰 죄책감을 느낀 두 사람이었지만 우리는 그저 가벼운 관계일 뿐이라며 스스로를 위로하는 모습을 보이죠.

이후 이교는 그녀가 홍콩에서 갖은 일을 하며 모은 전 재산을 주식에 투자합니다. 하지만 경기가 나빠져 주식은 휴지 조각이 되어 버리고 말죠. 그 결과 이교는 마사지사로 일하며 힘겹게 돈을 벌게 됩니다. 일에 지친 이교는 많이 달라졌습니다. 어느 순간부터는 결혼을 약속한 여자가 있는 남자와 대체 무슨 짓을 하고 있는 것인지 소군과의 관계에 회의감이 들기 시작하죠. 결국 이교는 마사지를 받으러 오는 손님과 새로운 관계를 시작해 보려 소군에게 완전한 이별을 고합니다. 그렇게 소군과 이교, 두 사람의 짧았던 만남은 끝이 납니다.

얼마 후 소군은 약혼녀와 결혼식을 올리고 함께 홍콩에서 살기 시작합니다. 그는 제법 큰 식당의 요리사가 되며 안정된 삶을 찾아가죠. 그러던 어느 날 소군은 이교가 주최한 파티에 초대받고 두 사람은 정말 오랜만에 재회합니다. 그리고 그날 밤, 둘은 쉽게 잠들지 못합니다. 지금껏 애써 부정해 왔던 감정이 마침내 폭발해 버리고 소군은 아내와, 이교는 남자친구와 헤어지기로 결심합니다. 그러나 이러한 결정을 내리기에는 두 사람 앞엔 너무나도 많은 장애물이 기다리고 있습니다.

-¦-

2000년대에 들어서는 한국 영화가 전 세계적으로 큰 인기를 끌며 아시아 영화계의 강자가 되었지만 1950년대부터 이 영화 〈첨밀밀〉이 개봉하던 1990년대까지 홍콩 영화는 아시아 영화 시장 부동의 강자였습니다. 느와르, 스릴러, 시대극, 로맨스 등 장르를 가리지 않고 폭넓은 명작들이 쏟아지던 시기, 정확히는 홍콩 영화 황금기의 끝물에 〈첨밀밀〉이 태어났죠. 중화권 최고의 인기 가수 등려군의 노래에 장만옥과 여명이라는 그 당시 최고 인기 배우들의 출연으로 〈첨밀밀〉은 개봉 당시 큰 성공을 거두었고 지금까지도 〈영웅본색〉과 더불어 한국인에게 가장 많은 사랑을 받는 홍콩 작품입니다.

아편 전쟁 이후 영국의 식민지가 된 홍콩은 아시아 최고의 도시로 번영했고 그곳에는 중국 내륙과는 비교가 안 될 정도로 많은 성공의 기회가 청년들을 기다리고 있었습니다. 그렇기에 유럽에서 미국으로 이민을 간 이민자들에게 아메리칸드림이라는 새로운 기회가 있었다면 중국 내륙인들에게는 홍콩으로 가 돈을 버는 일종의 홍콩 드림이 있었죠. 영화 속 소군과 이교가 그러했던 것처럼요. 하지만 두 사람 같은 중국 본토인들이 홍콩에 적응하기란 쉽지 않았습니다. 홍콩으로 건너가기 위해선 비자와도 같은 홍콩 통행증을 따로 받아야 했고 어렵게 도착한 그곳의 사람들은 광둥어와 영어만을 사용했으며 곳곳에는 중국 내륙과 달리 맥도날드, 독일 자동차, 초고층 빌딩과 같은 자본주의의 산물이 가득했기 때문이죠. 심지어 중국 내륙 출신을 곧잘 무시하고는 했던 홍콩인들이었기에 홍콩으로 일을 하러 간 중국인들은 내륙 출신이라는 것을 최대한 숨기기도 했습니다. 이교는 중국 내륙 출신이라는 자신의 아이덴티티를 제대로 숨기지 못해 영화 속에서 큰 낭패를 보기도 했죠.

영화 초반, 소군과 이교를 버티게 해 주었던 건 홍콩에서 성공을 거두어 고향에 남아 있는 가족들을 홍콩으로 데려와 그들에게 버팀목이 되어 주겠다는 홍콩 드림 덕분이었지만 영화 중후반부터는 그러지 않았습니다. 홍콩에서 함께 했던 여러 아르바이트, 조금은 무모했던 사업, 서로의 마음을 확인할 수 있었던 어느 새벽 함께 먹었던 야참, 자전거를 타고 시내를 누비던 소소한 일상과 같은 추억들은 이후 두 사람이 산전수전을 이겨내는 데에 큰 힘이 되어 줍니다. 소군과 이교에게 있어 추억이란 아무런 힘도 없는 과거의 망령 같은 것이 아니었습니다. 인생의 동반자와도 같은 것이었습니다. 하지만 동시에 두 사람은 서로에 대한 추억을 떠올릴 때마다 큰 슬픔에 잠기기도 했습니다. 당시 서로에게 진솔한 마음을 단 한 번도 전달한 적이 없기 때문이었죠.

이교와 소군의 첫 만남은 아주 극적이었지만 동시에 아주 잘못된 만남이기도 했습니다. 소군에겐 이미 고향에 두고 온 약혼녀 '소정'이 있었으니까요. 어쩌면 소군이 이교를 만나 가까워지기 시작하면서 그는 소정과의 사랑이 조금씩 끝나가고 있음을 느꼈을지도 모르겠습니다. 그러나 소군은 스스로에게도, 소정에게도 진실하지 못했습니다. 이는 이교도 크게 다르지 않았습니다. 소군을 사랑하고 있음에도 타인을 동정하는 마음으로 치부하며 언제나 용기를 내지 못했으니까요. 차라리 용기 내어 상대방에게 진심을 고백했더라면 자꾸 생각이 나지는 않았을 텐데 단 한 번도 사랑에 진실하지 않았던 소군과 이교는 홍콩을 떠나 미국에 정착한 지 수년이 흘렀음에도 서로를 잊지 못하는 모습을 보입니다. 그리고 시간이 한참 지나서야 알게 됩니다. 다시 우연히 상대방을 만나게 된다면 이전과 같은 실수는 하지 않으리. 영화 〈첨밀밀〉 속 추억이란 현재를 버틸 수 있는 힘인 동시에 미래를 바꿀 수 있는 힘인 것이죠.

이 작품의 트레이드 마크는 역시 한국에서 가장 유명한 중국 노래이기도 한 등려군의 『월량대표아적심(月亮代表我的心)』과 『첨밀밀(甛蜜蜜)』이라고 할 수 있을 거예요. 워낙 듣기 좋은 곡이기에 한 번 들으면 쉽게 잊혀지지 않죠. 하지만 두 곡의 가사가 무엇을 이야기하는지까지 알게 되신다면 영화를 훨씬 더 재미있게 관람하실 수 있으리라 생각해요. 상대방을 보고 싶어 하는 마음을 달에 빗대어 표현한 내용을 담고 있는 『월량대표아적심』은 영화 전반에 굉장히 여러 번 삽입됩니다. 특히 소군과 이교의 사랑이 엇갈릴 때 등장하죠. 게다가 매번 '가사가 생략된 채' 간단한 멜로디 선율만 삽입되는데, 이는 두 사람의 마음을 대변하기도 합니다. 진심(가사)을 들키고 싶지 않아 거짓말(멜로디)만 늘어놓았던 두 사람의 처지와 매우 비슷하죠. 그러나 『첨밀밀』 같은 경우 단 한 번 엔딩씬에서만 등장하고 '가사가 있는 원곡'이 삽입됩니다. 이렇게 꿈에서만 그리워하던 상대를 드디어 다시 만나게 되었다는 달콤한 가사가 그대로 들려온다는 것은 소군과 이교의 사랑은 영화가 끝나야 비로소 시작된다는 것을 의미하기도 할 거예요. 실제로도 이 영화의 영어 제목은 <Comrades: Almost a Love Story(동지들: 사랑 이야기에 가까운)>이기도 하니까요. 러닝 타임 속 이야기는 사랑 이야기에 가까울 뿐 정말 사랑 이야기는 아니라는 것이죠.

영화 〈첨밀밀〉은 영국의 품을 떠나 중국으로 돌아가야 하는 홍콩의 처지를 은유했다는 해석도 있습니다. 중국 표준어를 사용하며 중국 내륙에서의 삶만을 알던 소군은 '중국'을, 광둥어를 사용할 줄 알며 서양 문물을 많이 접해 본 이교는 '홍콩'을, 사랑의 엇갈림은 중국으로 돌아가길 두려워하는 '홍콩인들의 심리'를, 등려군의 죽음은 '99년의 식민지 조약'이 끝났다는 것을, 그리고 두 사람의 재회는 '홍콩의 반환'을 의미한다고요. 사실 이 시기의 홍콩 영화들은 중국으로 반환되는 것에 대한 두려움과 걱정을 영화라는 매개체로 마구 표출해냈기에 이처럼 해석하는 것도 가능하다고 생각합니다.

이번 주말에는 등려군의 노래를 들으며 불안한 청춘들의 인생과 사랑을 그린 영화 '첨밀밀'을 보시는 건 어떨까요? 이 작품과 함께 90년대에 돌풍을 일으켰던 홍콩 전성기를 이끈 배우 장만옥과 여명의 매력에도 푹 빠져 보시길 바랄게요.

추억을 말하던 영화, 이젠 정말 추억 그 자체가 되다.

졸리와 피트가 헤어지기 전 남긴 마지막 이야기,
영화 <바이 더 씨>

< 바이 더 씨 By The Sea, 2015 >

드라마 / 미국 / 122분

개봉: 2015. 11. 13.

감독: 안젤리나 졸리

주연: 안젤리나 졸리, 브래드 피트

우리는 사람으로 태어난 이상 모두 크고 작은 결점을 한 가지씩은 갖고 있습니다. 그 결점은 성격이 될 수도 있고, 외모가 될 수도 있고, 능력이 될 수도 있죠. 세상에 완벽한 사람이란 존재하지 않습니다. 그리고 이런 완벽하지 않은 두 사람이 만나 서로 알지도 못하는 사이, 사랑에 빠지고는 합니다. 그렇게 연애를 하고, 상대방과 매 순간을 함께 하고 싶어 결혼을 원하게 되죠.

하지만 대부분의 사랑에는 유통기한이 있기에 처음에는 사랑해서 만난 두 사람도 어느 시점부터는 그저 정 때문에 마지못해 함께 하는 모습을 보이게 됩니다. 이러한 이유로 누군가는 사랑을 그저 호르몬의 장난일 뿐이라고 말하기도 하죠. 2년이라는 시간이 지나고 나면 활력과 즐거움을 불어넣는 도파민, 행복감을 전달하고 고통을 느끼지 못하게 하는 엔도르핀, 흥분을 일으키고 불안감을 없애는 세로토닌 등과 같은 사랑의 호르몬들이 적게 분비

된다고 합니다. 이 기간이 끝나면 오랜 시간 함께 한 연인과 부부들은 '헤어지지 못해 함께 하는 것뿐이다'라는 말을 되뇌기도 합니다. 그리고 그들의 눈에 점차 상대방의 결점이 보이기 시작합니다.

그럼에도 불구하고 사람들은 노력합니다. 처음엔 '사랑'이라고 불렸던 감정이 이제는 '정'이 되었다고 하더라도요. 사랑이 끝나감을 직감하자마자 그 자리에서 이별을 준비하는 이들이 있는가 하면, 마지막까지 그 사랑의 불씨를 끄지 않으려 노력해 보는 사람들이 있습니다. 그들은 되려 이런 행위를 통해 함께 해 온 사랑의 가치를 증명하려 하죠. 이 노력이 매번 성공하는 것은 아닙니다. 운이 좋다면 예전과 같이 즐겁고 설레었던 때로 돌아갈 수 있겠지만 운이 나쁘면 오히려 역효과가 날 수도 있으니까요. 하지만 적어도 정말 노력을 했다면, 이 사랑이 끝난 뒤에 후회는 없을 거예요. 관계를 회복하기 위해서 최선을 다했다면요.

그리고 이 영화 〈바이 더 씨〉는 영화의 주인공으로 캐스팅되기 이전, 실제 연인이자 부부였던 안젤리나 졸리와 브래드 피트의 노력을 담고 있는 작품이자, 어쩌면 그 노력의 산물일 수도 있는 영화입니다. 비록 실제 브란젤리나 커플의 사랑은 헤어짐으로 끝났지만 우리는 이 영화를 통해 알 수 있습니다. 곧 끝날 것만 같은 사랑을 위해 그들이 무슨 일까지 했는지요. 그리고 영화

〈바이 더 씨〉는 곧 사랑하는 사람과 헤어질 것 같다고 직감한 당신에게 이런 이야기를 들려주기 시작합니다.

✛

작품 〈바이 더 씨〉는 독창적 아이디어가 떠오르지 않아 소설을 써 내려가지 못하는 작가이자 알코올 중독자인 남편 '롤랜드'와 은퇴한 무용수 '바네사'의 이야기를 담고 있습니다. 이 부부는 결혼한 지 14년이 되던 해, 시끌벅적한 뉴욕을 떠나 남프랑스로 여행을 갑니다. 롤랜드의 소설 집필을 위해서이기도 했지만 실은 결혼의 권태기와 삶의 권태기를 이겨내기 위한 여행이었죠. 그렇게 두 사람은 구불구불한 길을 따라 해안가에 위치한 한 호텔에 도착하게 됩니다.

호텔에 도착한 이 부부가 가장 먼저 하는 일은 롤랜드의 집필 공간을 꾸미는 것이었습니다. 하지만 여전히 이곳에서도 글은 잘 써지지 않습니다. 게다가 아름다운 휴양지에서 시간을 보내면 아내 바네사의 우울증이 조금 나아질까 기대를 했던 롤랜드였는데 오히려 바네사는 어두운 모습을 보입니다. 이도 모자라 그녀는 이곳에 있는 시간이 길어질수록 수면제와 우울증 약에 지나치게 의존하게 되죠.

　그러나 그들의 옆방에 신혼부부가 신혼여행을 오게 되면서 바네사의 하루는 달라지기 시작합니다. 방과 방 사이에 뚫려 있는 작은 구멍으로 옆방의 신혼부부를 훔쳐보면서였죠. 바네사는 남편 롤랜드가 소설 집필을 위해 마을 카페에서 시간을 보내는 사이, 방을 엿볼 수 있는 작은 구멍에 걷잡을 수 없이 빠져들고 맙니다. 이로 인해 바네사 롤랜드 부부는 인생의 전환점을 맞게 되죠.

-¦-

　영화 〈바이 더 씨〉는 평소 졸리-피트 부부가 출연했던 영화들과는 많이 다른 영화입니다. 보시게 된다면 두 사람이 왜 굳이 이런 영화를 만들었을까 하는 생각이 들 정도죠. 안젤리나 졸리와 브래드 피트가 2005년 작 〈미스터 & 미세스 스미스〉 이후 10년 만에 동반 출연을 하기로 결정한 영화인데 〈미스터 & 미세스 스미스〉가 정말 뜨겁고 열정적이고 섹시했던 것과 달리 〈비이 더 씨〉는 너무나 차가워 보는 관객들마저 감정이 메말라 버리는 느낌을 주죠. 재미있는 점은 졸리 연출, 피트 주연이라는 이야기만으로도 충분히 센세이셔널하지만, 이 영화는 두 배우가 신혼여행을 가서 찍은 작품이라는 것입니다. 남들과는 다른 여행을 떠나 다른 행동을 취한 것이죠.

　안젤리나 졸리는 주인공 바네사 역을 맡은 것뿐만 아니라 직접 감독으로서 메가폰을 잡았는데 덕분에 그녀가 이 영화를 연출하고 연기한 진짜 이유를 여러 인터뷰를 통해 알 수 있죠. 감독 안젤리나 졸리는 인터뷰를 통해 영화 〈바이 더 씨〉는 상업적인 목적을 위해 만든 영화가 아니라고 밝힌 바 있습니다. 난소암으로 돌아가신 어머니 마르셀린 버트란드를 위해 만든 '슬픔에 관한 영화'라고 말했죠. 배우였던 어머니 마르셀린은 1960-70년대 영화를 가장 좋아했기 때문에 이 영화의 배경을 70년대 유럽으로 설정하기도 했습니다. 졸리는 어머니가 돌아가신 이후 이 영화의 시나리오 집필을 시작했는데 이 시기 졸리는 모계로부터 유방암과 난소암 발병률이 매우 높은 유전자를 물려받았다는 사실을 알게 되면서 실제로 유방, 난소, 나팔관을 제거하는 수술을 받았습니다. 그렇게 졸리는 여성으로의 삶이 끝났다고 느꼈던 자신의 경험, 10대 시절부터 계속되었던 우울증, 배우였지만 배우로 성공하지 못했던 어머니 마르셀린의 인생, 그리고 1999년 어머니가 난소암 진단을 받았던 그날 느꼈던 공포를 조합해 '바네사'라는 인물을 탄생시켰죠. 안무가였지만 모종의 이유로 은퇴한 뒤 너무나 고요한 삶을 살아야만 했던 주인공 바네사는 졸리와 어머니 마르셀린을 상징하는 인물인 셈입니다.

게다가 그녀는 자신의 아이들과 떠난 신혼여행지에서 굳이 남편을 자신이 연출하는 영화의 남편 역으로 캐스팅했다는 점, 또 이 영화 개봉 9개월 뒤 이혼 소송에 들어가며 밝혀진 이야기이지만 브래드 피트는 결혼 기간 중 극심한 알콜 중독 증세를 보였는데 극 중 롤랜드라는 인물이 알콜 중독자였다는 점을 미루어 본다면 롤랜드는 남편 브래드 피트를 은유하는 인물로 볼 수 있을 거예요.

이렇게 연결 지어 본다면 영화 속 바네사가 어째서 방과 방을 잇는 구멍에 집착했는지 이해가 가기 시작합니다. 작품 속 바네사와 롤랜드의 위태로운 결혼 생활은 현재 졸리-피트 커플의 관계를, 옆방 신혼부부는 서로를 무척이나 아끼고 사랑했던 과거 졸리-피트 부부의 모습을 상징한다고도 해석할 수 있겠죠.

영화의 제목 〈By the Sea(바다 옆)〉는 에드워드 호퍼의 작품 『Room by the Sea(바다 옆의 방)』를 연상케 합니다. 호퍼의 『바다 옆의 방』이 고독 속 자기 성찰을 은유하는 작품인 걸 떠올려 본다면 그저 평범하기만 했던 이 영화의 제목이 조금 더 의미 있게 다가오기도 합니다.

이 영화는 사실 평론가들에게서 좋은 반응을 이끌어 내지는 못했습니다. 1000만 달러, 한화로 약 120억 원이라는 제작비가 소요된 영화였는데 대중들에게서도 큰 환영을 받지 못하면서 한화 40억 원에도 미치지 못하는 수익을 벌어들이기도 했고요. 졸리와 피트가 데뷔 초반에 출연했던 영화 한두 편을 제외하고 〈바이 더 씨〉는 그들의 필모그래피에 있어서도 가장 낮은 수익을 기록한 작품이기도 하죠. 그러나 이 모든 결과에도 불구하고 또, 브란젤리나 커플은 후에 헤어짐을 선택했음에도 영화 〈바이 더 씨〉는 졸리가 피트에게 선물한 최고의 결혼 선물이 아닐까 합니다. 과거의 우리 두 사람은 옆 방의 신혼부부처럼 뜨거운 사랑을 나누었으며 현재의 우리 두 사람은 바네사와 롤랜드 부부처럼 위태롭고 그 사랑의 불씨가 꺼져 가려 하지만 우리는 쉽게 포기하지 않을 것이고 마지막까지 서로를 위해 노력할 것이라고 영화로써 말하고 있기 때문이죠. 이런 충격적인 스토리의 영화를 연출했고, 연기했다는 것이 대중들에게 알려지면 분명 끊임없는 루머에 시달릴 텐데도 졸리 자신과 남편 피트의 사랑을 위해 이런 선택을 강행했다는 점이 큰 감동을 선사합니다. 함께한 그 모든 세월 속에 새겨진 아픔을 한 편이 자품에 녹여 낸 졸리는 그저 멋진 할리우드 스타가 아닌 예술가로서의 면모를 보여 주며 피트를 향한 사랑까지 증명해 냈죠. 앞으로 영화감독 졸리가 연

출해 낼 작품들이 매우 궁금해지도록 하는 영화 〈바이 더 씨〉
였습니다.

그저 함께 같은 곳을 바라보고 싶었던 한 여자와 한 남자의 이야기

익숙함이라는 감정에 사랑을 놓으려는
당신이 꼭 봐야 하는, 영화 <클로저>

< 클로저 Closer, 2004 >

드라마 / 미국 / 103분

개봉: 2004. 12. 03.

감독: 마이크 니콜스

주연: 나탈리 포트만, 주드 로, 줄리아 로버츠, 클라이브 오웬

제62회 골든 글로브 시상식(여우 조연상, 남우 조연상 수상)
제58회 영국 아카데미 시상식(남우 조연상 수상)
제69회 뉴욕 비평가 협회상(남우 조연상 수상)

'익숙함에 속아 소중한 것을 잃지 말자'라는 말이 있습니다. 처음에는 상대방의 '새로움'에 이끌려 사랑에 빠졌지만 그 새로움은 얼마 지나지 않아 '익숙함'으로 변하고, 곧 익숙함을 '지루함'으로 느껴 버리고 마는 사람들에게 쓰이는 말이죠. 많은 사람이 연애가 끝난 뒤 한 번쯤은 크게 공감하는 문장이기도 합니다. 이와 동시에 '곁에 있을 때 잘해 줄걸', '상대방이 나를 사랑해 준 만큼 사랑해 주지 못해 후회가 돼', 혹은 '시간을 되돌려 다시 그 사람을 붙잡고 싶어'와 같은 생각을 하기도 하죠. 이처럼 긴 시간의 고심 없이 사랑을 끝내고 싶다는 섣부른 결정을 내리게 되었을 때 어떤 일이 생길지, 이 영화 〈클로저〉가 그 슬픈 결말을 미리 알려 줄지도 모르겠습니다.

런던 거리에서 눈이 마주친 여자 '앨리스'와 남자 '댄'이 있습니다. 그들이 서로 눈을 마주친 채 길을 걷던 와중, 앨리스가 작은 교통사고를 당하고 맙니다. 댄은 이를 보고 앨리스를 재빨리 병원에 데려가고, 앨리스는 댄의 다정한 모습에 반해 버리죠. 물론 앨리스의 사랑스러운 모습을 본 댄도 그녀에게 호감을 품고요. 두 사람은 사랑에 빠집니다. 곧 같은 집에서 함께 살게 되죠.

부고 기사를 전문으로 쓰는 저널리스트이지만 아주 오래전부터 자신만의 글을 쓰는 작가가 되고 싶었던 댄은 전직 스트리퍼였던 연인 앨리스의 인생 이야기를 책으로 쓰며 베스트셀러 작가로 등극합니다. 그러나 이 남자는 성공을 맛본 이후 조금씩 변하기 시작합니다. 자신의 프로필 사진을 찍어 주던 사진작가 '안나'와 눈이 맞고, 스튜디오에서 사진 촬영을 하던 도중 입까지 맞추죠. 댄이 여자친구가 있다는 것을 알게 된 안나는 그에게 화를 내지만 마침 앨리스가 댄을 만나러 스튜디오로 오면서 상황은 일단락됩니다. 그러나 평소 눈치가 빨랐던 앨리스는 이 묘한 기류를 보자마자 자신의 연인 댄과 처음 보는 여자 안나 사이에 은밀한 접

촉이 있었다는 것을 직감하죠. 특히 자신의 갑작스러운 등장으로 당황해하는 안나의 모습은 앨리스에게 더 확신을 줍니다.

그날 이후에도 댄은 여전히 정신을 차리지 못한 채 안나에게 빠져 있습니다. 안나의 사진 전시회에 가엾은 앨리스를 데려가는 파렴치한 짓까지 저지르죠. 심지어 앨리스를 집으로 먼저 보내놓고는 안나에게 끊임없이 구애하기에 이릅니다. 문제는 안나에게도 연인 '래리'가 있다는 것이었습니다. 물론 댄은 그러거나 말거나 신경도 쓰지 않았지만요.

1년이라는 시간이 흐릅니다. 안나는 래리와 얼마 전 결혼을 한 신혼부부죠. 그러나 이외에도 많은 것이 변했습니다. 정상적인 연애를 할 것 같았던 안나가 댄의 끈질긴 구애 끝에 자신의 남편 래리를 배신하고 댄과 이중 연애를 하게 된 것이었죠. 심지어 댄과의 이중 연애는 1년이 넘도록 지속된 비밀스러운 것이었습니다. 하지만 그들의 비밀은 얼마 가지 못합니다. 현재의 연인에게 진실을 털어놓고 진짜 사랑을 찾아 떠나겠다는 댄과 안나의 이기심 때문이었습니다.

댄은 앨리스에게 자신이 안나와 바람을 피우고 있다고 전합니다. 자기 자신보다 댄을 더 사랑했던 앨리스는 평생 잊지 못할 큰 상처를 받죠. 이 시각, 안나는 뉴욕에 출장을 다녀온 남편 래리로부터 이번 출장지에서 낯선 여자와 불륜을 행하게 되었다는 이야기를 듣고 있습니다. 그러나 무슨 생각을 하고 있는지조차 알 수 없는 안나. 놀라는 표정을 짓지도 않습니다. 그리고 자신은 1년이 넘는 시간 동안 댄과 육체적 관계를 맺어 왔다고 고백합니다. 평소 감정을 잘 컨트롤하지 못했던 래리는 자신은 일회성 만남이었지만 안나는 그 심각성이 다르다며 분노하죠. 앨리스를 제외한 세 사람은 정말 자신의 연인을 진심으로 사랑하기는 했던 걸까요?

한때는 사랑했던 연인에게 큰 상처를 주고 댄과 안나는 진지한 만남을 갖기 시작합니다. 그러나 상대를 구속하려는 이기심과 서로를 향한 쓸모없는 의심은 또 다른 재앙을 낳고, 두 사람의 사랑도 위태로워지죠. 그러자 댄과 안나는 자신들이 머물던 곳으로 시선을 돌리기 시작합니다. 댄의 눈은 앨리스를, 안나의 손은 래리를 향하죠. 한 번 연애를 해 보았기에 익숙하지만 헤어져 보았기에 새로움도 느낄 수 있을 것 같은 옛 연인에게 다시 돌아가고 싶어진 것입니다. 이 네 사람에게 안정적인 관계란 말은 어울리지 않는 것일까요? 댄과 안나에게 사랑은 대체 무엇을 의미할까요?

　　　　　＋

　　2004년 개봉한 영화 〈클로저〉는 무려 주드 로, 나탈리 포
트만, 줄리아 로버츠, 클라이브 오웬 주연의 작품입니다. 네 명의
스타들이 한데 모여 엄청난 연기력을 자랑한 명작이기도 하죠.
사랑을 해 본 적이 있다면 깊이 공감하게 될 이 영화의 첫 대사
"Hello, stranger"는 우연한 장소에서 'Stranger - 낯선 사람'으로
만난 남자와 여자가 사랑에 빠지며 'Closer - 가까운 사람'으로
발전하지만 관계가 가까워질수록 사실은 더 낯선 상대방의 모습
(Stranger)을 보게 된다는 의미를 담고 있습니다. 댄과 앨리스 커
플의 경우만 보아도 낯선 런던 거리 한복판에서 만나 세상에서
가장 가까운 사이가 되지만 결국 헤어지며 남이 되어 버리죠. 이
처럼 영화는 타인이 Stranger(영화 속 대사)에서 Closer(영화의
제목)가 되었다가 다시 Stranger(영화 속 대사)가 되는 우리의 슬
픈 연애사를 거울처럼 비추고 있습니다.

　　영화 〈클로저〉는 한 마디로 사랑에 대해 다른 가치관을 갖
고 있는 네 사람의 사랑 이야기라고 할 수 있습니다. 그렇기에 이
들의 사랑은 잘못 채워진 단추처럼 조금씩 어긋나있죠. 앨리스
에게 사랑은 일방적 희생을 통해 얻어지는 것이었기에 상대방에
게 마음을 주는 만큼 받을 수 없었고, 댄에게 사랑은 자기중심적

인 순간의 진심을 주고받는 것이었기에 그의 연애에서 믿음이란 찾아볼 수 없었습니다. 안나에게 있어서 사랑이란 스스로에게 벌을 주는 자기 파괴적인 것이었기에 단 한 번도 자신을 사랑할 수 없었고 래리에게 사랑은 계산적인 거짓말을 통해 얻어지는 것이었기에 오고 가는 관계 속 진실은 없었죠. 그러나 '낯선 사람'에게 끌리는 모습은 비단 댄만의 문제는 아니었습니다. 래리도 결혼 생활을 하면서 낯선 사람에게 끌려 출장 도중 불륜을 저질렀고, 안나도 1년 동안 가장 가까운 사람인 남편을 배신하고 낯선 댄과의 만남을 지속했으니까요. 결국 네 명의 주인공 중 낯선 사람에게 끌리지 않았던 인물은 오직 앨리스뿐이었습니다.

영화 속 댄, 안나, 래리는 앨리스에 대해 이야기할 때 늘 그녀를 '어린애'일 뿐이라고 묘사합니다. 극 중에서도 가장 어린 나이이기도 하지만 사실 앨리스 하면 가장 먼저 생각나는 인물이 『이상한 나라의 앨리스』이기도 한 만큼 앨리스는 관객에게도 다른 인물에 비해 상대적으로 아이처럼 느껴집니다. 그러나 가장 어른스러운 사람은 앨리스였죠. 댄, 안나, 래리가 너무나도 아이처럼 본능에 가까운 사랑과 감정에만 충실할 때, 매 순간 진심을 담아 사랑했던 사람은 그녀뿐이었으니까요.

어쩌면 익숙함이란 사랑을 하는 데에 있어 가장 큰 걸림돌

인지도 모릅니다. 상대방이 너무 편해져 더 이상 가슴이 설레지도, 함께하는 내일이 기대되지도 않는다면 사랑을 지속하는 것은 불가능과 다름없으니까요. 하지만 이 익숙함이라는 것은 어쩌면 상대방의 배려 속에서 생겨난 따스한 감정일지도 모릅니다. 이 영화 속 주인공들처럼 다정함을 지루함이라고 느껴 소중한 사람을 잃게 되는 불상사가 일어나지 않길 바라며, 〈클로저〉를 통해 나에게 사랑의 가치관은 과연 무엇인지 한번 생각해 보시길 바랄게요.

잡고 싶지만 잡히지 않았으면 하는 낯선 이의 마음

외로움에 눈물지어 본 적 있는 당신이
꼭 봐야 하는, 영화 <아멜리에>

< 아멜리에 Amelie Of Montmartre, 2001 >

코미디, 판타지 / 프랑스, 독일 / 121분

개봉: 2001. 04. 25.

감독: 장 피에르 주네

주연: 오드리 토투, 마티유 카소비츠

제55회 영국 아카데미 시상식(각본상 수상)
제27회 세자르영화제(작품상, 감독상, 음악상 수상)
제22회 런던 비평가 협회상(외국어영화상 수상)
제14회 시카고 비평가 협회상(외국어영화상 수상)
제7회 크리틱스 초이스 시상식(외국어 영화상 수상)

한때, '매일매일 행복했으면 하는데 그러지를 못하고 있어. 어떡하면 좋지?'라고 생각했던 시절이 있습니다. 매일이 행복하지 않은 것은 사실 당연한 것인데도 불구하고 스스로가 항상 행복하기를 바랐죠. 그러던 중 우연히 이 말을 보게 되었습니다. "Most folks are about as happy as they make up their minds to be" 대부분의 사람은 자신이 마음먹은 만큼만 행복하다, 라는 미국 대통령 링컨의 격언이었죠. 오늘 내가 무엇을 했는지, 누구를 만났는지, 어디를 갔는지, 무엇을 느꼈는지 그날그날의 일들이 나의 행복을 결정한다는 그의 말은 큰 울림을 주었습니다. 지금껏 해 왔던 고민을 한순간에 해결해 주는 마법 같은 말이기도 했죠.

이후 저는 영화사에서 가장 사랑스러운 영화라고 불리는 〈아멜리에〉를 보며 행복에 대해 한 단계 더 깊은 생각을 하게 되었습니다. 과연 행복이란 무엇인지, 행복은 어떻게 찾아오는 것인지, 행복하지 않다는 것이 불행하다는 것을 의미하는지, 행복감을 유지하기 위해서는 무슨 일을 해야 할지와 같은 질문에 스스로 조금씩 그 해답을 찾아보기도 했죠.

그리고 마침내 인생은 마치 한 권의 소설과 같다고 생각하게 되었습니다. 여러 등장인물이 부딪혀 이야기와 사건이 생기고, 그 갖가지 이야기와 사건이 발단이 되어 하나의 챕터가 되고, 몇 개의 챕터가 한데 모여 한 권의 책이 되는 과정이 우리의 인생과 무척 비슷하다고 느꼈죠.

책에는 기승전결이 있습니다. 첫 장의 사소한 일들이 작품 후반부에서는 클라이맥스로 변하기 마련입니다. 만약 사소한 일들이 반복되지 않는다면 작품의 가장 큰 매력 포인트인 절정도 존재하지 않겠죠. 이와 마찬가지로 우리의 보잘것없는 일상은 절대 보잘것없는 것이 아니라고 볼 수 있을 거예요. 우리가 바라는 순간은 그냥 다가오지 않습니다. 여기서 다시 한번, 링컨의 말을 되새겨 볼게요. "대부분의 사람은 자신이 마음먹은 만큼만 행복하다", 여러분은 행복해질 준비가 되어 있다고 생각하시나요? 일이 바쁘다는 핑계로, 새로운 사람과 사랑에 빠지는 것이 무섭다는 핑계로 '오늘'을 버리려고 하지 마세요. '행복'을 버리려고 하지 마세요. 인생이 언제나 아름다울 순 없지만 특정한 어떤 '순간'만큼은 충분히 아름다울 수 있으니까요. 그리고 이런 아름다운 이야기를 담은 영화, <아멜리에>는 이렇게 시작됩니다.

⊹

Amelie Of Montmartre, 2001

　엄격한 군의관 출신 아버지와 깐깐한 교사 어머니 사이에서 태어난 소녀, '아멜리에'가 있습니다. 외동이었기에 안 그래도 외롭게 자랐던 아멜리에는 어머니의 갑작스러운 사망 이후 더 외로운 시간을 보내야 했죠. 그러나 아멜리에가 독립을 하면서 무료했던 그녀의 삶에 큰 변화가 생깁니다.

　일을 마치고 집으로 돌아온 어느 날, 우연히 화장실 벽에 붙어 있던 타일이 깨집니다. 그리고 아멜리에는 벽 속에서 한 소년의 추억이 가득 깃든 오래된 장난감 꾸러미를 발견하죠. 아멜리에는 아파트 이웃들에게 이 장난감의 주인이자 오래전 그녀의 집에 살았던 '브레도토'라는 남자의 행방을 묻지만 그 누구도 브레도토를 알지 못한다고 말합니다.

　그러나 브레도토를 찾지 못해 우울해하며 집으로 향하던 아멜리에의 앞에 운명적인 사랑이 찾아옵니다. 지하철 포토 부스에서 남들이 버리고 간 사진을 수집하는 걸 좋아하는 '니노'를 만난 것이죠. 하지만 수줍음이 너무나도 많은 그녀는 첫눈에 반한 이 남자를 눈앞에서 놓쳐 버리고 맙니다. 허탈한 마음으로 자신이 사는 아파트에 도착해 계단을 올라가고 있던 아멜리에, 누군가가 부르는 소리에 뒤를 돌아봅니다. 아멜리에의 이웃이기도 한 이 남자의 이름은 '레이몽'이었죠. 그는 아멜리에가 찾고 있는 그 소년의 이름은 '브레도토'가 아닌 '브레토도'라며 우울해하지 말고 소년을 다시 찾아볼 것을 권하죠. 이후 레이몽은 아멜리에를 자신의 집에 초대해 그의 소중한 것을 아멜리에에게 보여 줍니다. 바로 그가 수십 년 동안 모작해 온 르누아르의 『선상 파티에서의 오찬』이었죠. 아멜리에는 레이몽이 어째서 아주 오랜 시간 동안 똑같은 그림만 그리고 있는 것인지 알고 싶어 합니다. 그리고 그녀는 자신이 첫눈에 반했던 남자 니노에 대한 이야기를 털어놓습니다. 아멜리에는 레이몽이 진심을 담아 말해 주는 연애 조언에 용기 내어 고백하고 싶단 생각이 들기도 하지만, 이내 주저하는 모습을 보입니다.

이후 아멜리에는 레이몽의 도움으로 브레토도를 찾게 되고 우연을 가장해 이제는 중년의 남성이 되어버린 그에게 추억이 담긴 장난감을 돌려줍니다. 눈물을 흘리는 브레토도를 보고 타인을 돕는 기쁨을 알게 된 아멜리에는 길거리의 시각장애인이 길을 찾도록 돕기도 하고, 지인들이 서로 사랑에 빠질 수 있도록 사랑의 큐피드 노릇을 하기도 합니다. 그러나 이는 순간의 행복이었을 뿐, 아무도 없는 텅 빈 자신의 아파트에 도착하자 그녀는 공허함을 느끼고 맙니다. 어쩌면 평생 자신의 반쪽을 찾지 못한 채 이렇게 외롭게 살아야 할지도 모른다는 두려움이 온 몸을 덮쳐와 눈물을 쏟고 말죠. 이때, 그녀의 머릿속에 떠오른 사람은 니노입니다. 너무나 사랑스럽지만 역설적으로 단 한 번도 제대로 된 사랑을 받지 못했던 아멜리에에게 핑크빛 나날이 찾아올까요?

－┼－

영화 역사상 가장 사랑스러운 작품이 아닐까 하는 그런 영화입니다. 주인공이 너무 외로워서 눈물을 흘릴 때조차 관객은 왠지 모를 따스함을 느낄 정도죠. 하지만 작품과 작품 속 주인공이 사랑스러운 것과는 별개로 이 영화의 주인공은 일반적인 영화의 주인공이라면 갖고 있는 그 어떠한 특성도 없습니다. 비범한 능력이나 높은 사회적 위치를 가진 사람도 아니죠. 또, 영화 자체도 그저 한 평범한 여자가 보낸 48시간을 포착했을 뿐이고요. 하지만 그렇기에 많은 관객이 이 아멜리에라는 인물에 더 집중을 할 수 있지 않나 싶습니다.

이 작품은 무척 재미있게도 우리가 그냥 지나쳐 버리는 일상의 '순간'을 포착하고 있습니다. 특히 영화의 오프닝과 엔딩에 바로 그 시답지 않은 찰나의 순간들이 담겨 있죠. 파리가 날아다니는 찰나에, 카페 테이블보가 바람에 휘날리는 순간에 어떤 남자는 사망한 친구의 전화번호를 수첩에서 지우고 있고요. 또, 마시멜로가 만들어지는 순간에 한 남자는 과학책을 읽고, 수녀들은 테니스를 치고 있어요. 여러분은 이 '순간'에 대해 어떻게 생각하시나요? 지금 이 순간은 그냥 다가오는 걸까요? 영화 〈아멜리에〉는 그렇지 않다고 말합니다. 오프닝에 등장한 번호 지우는 남자는 그저 단순하게 수첩에서 전화번호를 지우는 게 아니라 친구와의 오랜 추억을 지우고 있는 것이라고요. 영화 속 일개 엑스트라에 불과한 인물에게조차 특정한 순간이라는 건 그냥 쉽게 찾아오는 것이 아니었습니다. 이는 우리의 일상과도 크게 다르지 않습니다. 셀 수 없이 무수한 인과관계가 얽혀서 만들어진 게 바로 오늘이니까요.

아멜리에게 큰 도움을 주었던 이웃, 레이몽 듀파엘이라는 인물에 대해서는 어떤 생각을 하셨나요? 사실 그의 이름부터가 조금 스포일러이기도 합니다. 레이몽이라는 이름의 어원이 바로 상담자, 지혜의 수호자, 보호자이기 때문입니다. 아멜리에의 고민을 상담해 주면서 자신의 지혜를 나누어 주는 영화 속 그의 모습은 이름과 뜻을 같이했죠. 하지만 레이몽을 그저 아멜리에와 상담을 나눈, 힘을 북돋아 준 이웃집 할아버지 정도로만 보아서는 안 됩니다. 그가 지난 20년 동안 무엇을 해왔는지 기억하고 계시죠? 〈아멜리에〉가 프랑스 영화이기 때문에, 예술 영화이기 때문에 레이몽이 뜬금없이 르누아르의 그림『선상 파티에서의 오찬』을 계속해서 모작하고 있었던 것이 아닙니다. 레이몽 듀파엘이라는 인물이 〈아멜리에〉의 주제, 그 자체였기 때문에 그와 그의 그림이 영화에서 큰 비중을 차지하고 있는 것이죠.

앞서, 〈아멜리에〉는 순간을 포착한 영화라고 말씀드렸습니다. 그리고 이 그림 르누아르의『선상 파티에서의 오찬』도 평범한 어느 오후 날의 순간을 담고 있죠. 화가 르누아르 또한 언제나 '순간의 아름다움'을 화폭에 담던 인물이었습니다. 계속해서 극 중 레이몽이 하는 말과 행동, 행색을 주시한다면 우리는 그가 화가 르누아르를 상징하는 인물이라는 것을 알아차릴 수 있습니다. 이렇게 단언할 수 있는 이유는 영화가 너무나 많은 힌트를 주고 있기 때문이죠. 르누아르는 레이몽처럼 몸이 불편했던 사람으로 류머티즘으로 갖은 고생을 하다가 말년에는 입으로 그림을 그리기도 했습니다. 하지만 극심한 육체적 고통을 겪으면서도 예술에 대한 열정을 잃지 않았죠. 그렇다면 〈아멜리에〉는 어째서 이런 인물 설정을 했던 것일까요?

르누아르는 부드럽고 따뜻한 화풍을 가졌던 인상파 중에서도 가장 아름다운 화풍을 가졌다는 평가를 받는 예술가입니다. 하지만 아이러니하게도 그가 활동한 시기는 제1차 세계 대전, 인류 역사를 뒤흔든 때였죠. 이 때문에 평소 상류층 부르주아들을 주제로 그림을 그렸던 르누아르는 사람들로부터 비난받기 시작했습니다. 전쟁통에 저렇게 아름다운 그림을 그려서 무엇하냐고. 생각 없이 그림만 그리는 늙은이라는 평가까지 받았죠. 그러자 르누아르는 이렇게 답했습니다. "그림은 기쁨이 넘치고 활기가 가득해야 해요. 인생 자체가 우울한데 그림이라도 밝아야 하죠. 고통은 지나가지만 아름다움은 영원히 남으니까요"라고요.

생전에 이미 대성공을 거둔 화가였기 때문에 이런 말을 쉽게 했던 것이 아니냐고 생각하실 수도 있지만 그는 사실 굉장히 가난한 집안에서 태어났기에 전폭적인 지원을 받으며 미술을 공부한 사람이 아니었습니다. 그러나 르누아르는 자신의 인생을 화폭에 투영하지 않았습니다. 궁핍한 시기 완성했던 초기작들 역시 기쁨이 넘치고 밝은 작품이 대부분이기 때문이죠. 따라서 '인생이 우울해도 그림은 밝아야 한다'라는 그의 예술관은 성공했기 때문에 나온 부르주아적 발언이라고 볼 수 없을 거예요. 정말 돈과 명예를 위해서 그림을 그린 사람이었다면 이미 이 두 가지를 가지고 있던 르누아르는 이렇게 아픈 몸을 이끌고 그림을 그리지 않았을 테니까요.

영화는 이 레이몽, 즉 르누아르를 통해 메시지를 전하고 있습니다. 사랑이 주는 행복을 따라가기엔 세상이 너무 고달파 이미 지쳐 버렸대도, 여전히 기쁨과 활기를 주는 사랑을 추구해야 한다고요. 그러기 위해 우리의 인생을 르누아르의 그림처럼 만들어야 한다고요. 인생이 언제나 그의 그림처럼 아름답기만 할 순 없어도 특정한 어떤 순간만큼은 르누아르의 그림처럼 될 수 있도록 노력해야 한다고 말이에요.

영화 속 숨겨진 여러 이야기를 들려드렸지만 이런 뒷이야기들을 알지 않아도 충분히 즐길 수 있는 작품입니다. 이 영화만큼 즐기면서 보아야 하는 영화도 없기 때문이죠. 머리로 보는 영화가 아니라 마음으로 보는 작품이기 때문일까요? 〈아멜리에〉를 보는 순간만큼은 휴대폰을 2시간만 꺼놓고 파리에서 아멜리에와 놀라운 48시간을 함께 보내시길 바랄게요. 르누아르의 그림 같은 '순간'이 오길.

하루 아침에 만들어진 것이 아닌 나의 어느 멋진 순간

TAKE 003

용기가
없기에
우리는
다시
영화를 본다

어떠한 변화도 없는 인생을 살고 있던
남자에게 벌어진 마법 같은 이야기,
영화 <리스본행 야간열차>

< 리스본행 야간열차 Night Train To Lisbon, 2013 >

미스터리 / 독일, 스위스, 포르투갈 / 111분

개봉: 2013. 03. 07.

감독: 빌 어거스트

주연: 제레미 아이언스, 멜라니 로랑, 잭 휴스턴

우리는 암묵적인 룰에 의해 삶을 스케치해 나가고 있습니다. 일정한 나이가 되면 학교에 입학해야만 하고, 대학을 졸업하고 나면 취업을 해야만 하고, 적당한 시기가 오면 결혼을 해야만 하죠. 인생의 사소한 부분들은 스스로 만들어갈 수 있지만 앞에서 언급한 큰 틀은 한 치의 오차도 없이 짜여 있습니다. 그렇기에 스스로가 삶을 만들어 나간다는 것은 무모한 행동처럼 여겨지기도 합니다. 하지만 평생을 이토록 변화 없는 인생을 살아간다면 삶의 끝에서 어떠한 감정을 느끼게 될까요?

지금 당장 지나쳐 온 매일매일을 떠올려 본다면 어제도, 그리고 오늘도 같은 시간에 일어나 같은 시간에 밥을 먹고 같은 시간에 일을 시작하거나 공부를 시작하셨을 거라고 생각해요. 이 매일 같이 반복되는 일상 속에서 곧잘 따분함을 느끼기도 하겠죠. 때로는 '다른 인생을 살아가고 싶어, 남은 인생을 오늘처럼 무의미하게 살다 죽을 수는 없어'라는 생각도 하셨을 거예요. 그러나 반복은 지루함을 불러일으키는 동시에 안락함을 가져다주기도 합니다.

우리는 생각합니다. 새로운 시작은 언제나 어렵다고요. 익숙한 틀에서 벗어나는 것은 더더욱이 어렵다고요. 새로운 인생이 다가왔을 때, 주저하지 않고 받아들일 준비가 되셨나요? 만약 준비가 되셨다면 그 순간부터 새로운 인생은 이미 시작되었다고 말씀드리고 싶습니다.

〈리스본행 야간열차〉는 우리에게 말하고 있습니다. 새롭게 시작한다는 것은 그렇게 어려운 일이 아닐 수 있으며 그저 아주 자그마한 용기를 낸다면 완전히 새로운 인생이 충분히 시작될 수 있다고요. 새로운 시작은 언제나 우리를 기다리고 있으며 아주 사소한 동기 하나만으로도 주위의 모든 것은 새로워질 수 있다고요.

╬

Night Train To Lisbon, 2013

동이 트는 스위스의 한 마을. 영화 〈리스본행 야간열차〉는 주인공 '그레고리우스'의 아침을 비추기 시작합니다. 오늘도 어제와 다름없습니다. 늘 같은 시간에 일어나 밥을 먹고 학교로 출근 준비를 하는 그이죠. 그러나 평범한 것만 같았던 출근길에서 한 여자가 다리의 난간 위에 아슬아슬하게 서 있는 모습을 목격합니다. 비가 거칠게 몰아치는데도 불구하고 우산을 내팽개쳐 버리고는 여자를 향해 달려가죠. 그리고 여자를 구해냅니다. 이렇게 그레고리우스의 오늘은 더 이상 평범하지 않아집니다. 여자는 자신을 구해 주어서 고맙다는 말 대신 그와 걷고 싶다고 말하고 두 사람은 그레고리우스의 직장인 학교의 교실까지 함께 걷습니다.

교사인 그레고리우스가 여자를 수업에 데리고 오자 아이들은 당황하지만 수업은 시작되죠. 여자는 그레고리우스가 수업을 진행하는 틈을 타 다시 어디론가 떠나려 합니다. 그는 아이들과의 수업이 우선이기에 여자가 떠나는 걸 눈으로 보고 있을 수밖에 없죠. 그러나 그녀가 코트를 두고 갔다는 것을 발견하고, 이내 교실 밖으로 뛰쳐나가는 그레고리우스. 감쪽같이 사라진 여자를 찾아 혹시나 하는 마음에 출근길에 지나쳤던 다리 위로 가 보지만 어떤 흔적도 남아 있지 않습니다. 그레고리우스는 여자를 찾기 위해 그녀의 코트를 뒤적이다 '언어의 연금술사'라는 책을 한 권 발견하죠. 그리고 책 안에서 지금으로부터 15분 뒤 출발 예정인 리스본행 야간열차 티켓을 찾게 됩니다. 학생들은 교실에서 여전히 그레고리우스를 기다리고 있건만 그는 교사라는 자신의 직책도 잊은 채 귀신에 홀린 듯 기차역으로 향합니다. 재촉하듯 걸려 오는 교장의 전화도 무시하고는 어느덧 리스본행 야간열차에 탑승한 그레고리우스. 그리고 열차 안에서 그는 여자를 찾을 유일한 단서인 '언어의 연금술사'를 읽기 시작하죠.

리스본에 도착한 그레고리우스는 책 안에서도 여자에 대한 그 어떤 단서도 찾을 수 없자 자신이 열차에서 줄곧 읽었던 책의 작가 '아마데우'를 만나보려 합니다. 하지만 그는 오래전 사망한 사람이었습니다. 매일을 무심하게 살아오던 그는 무슨 이유에서인지 아마데우의 묘비까지 찾아가고 묘비에 쓰인 글귀, '독재가 군림한다면 혁명은 의무이다'를 보고서야 생전 아마데우가 독재에 맞서 싸운 인물이었다는 것을 알게 되죠.

이후 숙소로 향하던 그레고리우스. 지나가던 오토바이와 부딪혀 안경이 깨지며 다친 뒤, 치료를 위해 들린 안과에서 의사 '마리아나'에게 리스본에 오게 된 이유를 설명하다 우연히 아마데우에 대한 정보를 얻게 됩니다. 그녀의 삼촌 '주앙' 또한 독재에 맞서 싸운 이이자 아마데우의 친우였다는 것을 알아내죠. 게다가 그는 아마데우의 또 다른 친우 '조지'까지 만나게 됩니다. 과거 레지스탕스였던 아마데우와 친구들의 이야기를 자세히 듣게 된 그레고리우스, 그들의 삶과 열정에 감탄합니다. 자신과 달리 불타오르는 인생을 살았던 세 친구들이 내심 부러운 듯 제스처를 취하기도 하죠. 하지만 얼마 뒤, 세 친구 사이에 사실 큰 다툼이 있었다는 것을 알게 되면서 아마데우의 죽음에 비밀이 숨겨져 있다는 것을 직감합니다. 그리고 마리아나와 함께 아마데우의 죽음에 얽힌 비밀, 세 친우가 다툼을 벌였던 이유, 그리고 며칠 전 다리 위에서 목숨을 끊으려 했던 여자 사이에 무슨 일이 있었던 것인지 파헤치기 시작하죠.

그레고리우스가 보았던 여자는 어째서 아마데우의 책을 코트 속에 지니고 다녔으며, 자신의 삶을 놓으려고 했던 것일까요? 리스본에서의 며칠이 반복되는 일상을 살고 있던 그레고리우스

╬

에게 어떤 영향을 끼칠까요?

〈리스본행 야간열차〉는 제가 본 영화 중 가장 좋은 힐링 영화라고 생각하는 작품입니다. '어떻게 살아야 진짜 인생을 사는 것인가?'라는 주제를 던지고 있기 때문이죠. 아름다운 영상미, 포근한 음악, 혹은 따뜻한 대사가 있어야만 힐링 영화라고 정의했던 제 편견을 없애 준 정말 멋진 작품이기도 하고요. 그저 흘러가

기에 어떠한 변화도 없는 삶을 살던 주인공 그레고리우스가 우연히 만나게 된 아마데우의 책을 통해 수많은 사람의 인생을 바꾸어 나가는 과정을 보고 있자면 피곤에 지친 마음이 부드럽게 녹아내리는 것을 느낄 수 있죠. 심지어는 '나에게도 ○○행 야간열차 티켓이 하늘에서 뚝 떨어졌으면!' 하는 생각도 떠오릅니다.

인생이 선택의 연속인 것처럼, 영화 속 인물들 또한 끊임없이 선택의 기로에 놓였습니다. 그리고 그들이 내린 선택은 타인의 인생에 엄청난 영향을 미쳤죠. 다리 위에 서 있던 여자가 선택한 죽음은 그레고리우스에게는 새로운 삶을 선사했습니다. 그녀가 다리 위에서 스스로 목숨을 끊으려 하지 않았다면 그날의 그레고리우스는 전날과 같이 학교에 출근해 아이들을 가르치고는 퇴근한 뒤 간단하게 저녁을 먹고 여느 때처럼 잠에 들었을 거예요. 충동적인 리스본행 열차 탑승은 그의 인생에는 존재하지도 않는 선택지였겠죠. 그레고리우스의 새로운 삶은 이어서 주앙, 조지, 그리고 이미 세상을 떠난 아마데우에게 화해의 장을 열어 주었고요. 그레고리우스에게 새로운 삶이 다가오지 않았더라면 한때 목숨을 걸고 독재에 맞서 함께 싸웠던 세 친구가 오해를 풀 수 있는 기회 따위는 존재하지도 못했을 거예요.

아마데우는 자신의 책에 이런 말을 남겼습니다. "항상 극적인 순간만이 삶을 변화시키는 것도 아니며 삶에 있어 새로운 빛은 조용히 찾아온다". 사람들은 버릇처럼 말합니다. 기회는 준비된 자가 쟁취한다고요. 전 사실 이 말이 그렇게 긍정적이라고 보지는 않습니다. 준비된 자는 많지 않으니 기회를 잡는 이는 적다고 말하는 것 같거든요. 그레고리우스는 고지식했고, 단조로운 일상을 추구했으며 변화를 좋아하지 않는 사람이었습니다. 스스로도 자신이 삶을 180도로 바꾸는 극적인 선택을 하리라고는 전혀 예상하지 못했을 거예요. 그레고리우스의 리스본행은 그에게 특별한 사전 계획이 있었기 때문에 주어진 기회라고 볼 수는 없습니다. 그러나 한 가지는 확신할 수 있습니다. 그레고리우스는 늘 기다려 왔다는 것을요. 자신에게 새로운 삶이 펼쳐지길 꿈꿨고 기대했다는 것을요. 우리도 우리가 모르는 사이 늘 무엇인가를 준비했고 기다렸습니다. 본인이 준비되지 않은 사람이라고 생각하실 수도 있지만 사실 우리 모두 자신이 무엇을 하면 행복해질지 이미 알고 있죠. 아주 사소한 것부터 거창한 것까지요. 머릿속에서 무언가를 하고 행복해하는 나의 모습을 그려 볼 수 있다는 것 자체가 준비가 된 자의 모습이 아닐까요? 그저 아직 '새로운 빛'이 들어오기 직전일 뿐인 거죠.

　　많은 영화가 현재를 살아가라고 말하지만 이 영화 〈리스본행 야간열차〉는 그렇지 않습니다. 과거는 결코 무의미한 시간이 아니며, 진실된 노력과 함께라면 과거는 얼마든지 현재와 미래를 좋게 바꿀 수 있다고 전하고 있거든요. 주인공 그레고리우스라는 인물이 시간과 죽음을 뛰어넘어 모든 것을 바꾸어 버리니까요. 그렇기에 이 인물의 이름을 그레고리우스라고 정한 걸지도 모르겠어요. 우리에게 가장 유명한 그레고리우스는 바로 달력에 사용되는 '그레고리력'이거든요. 현재 대부분의 국가는 시간을 정렬해 주는 양력으로 이 그레고리력을 사용합니다. 실제로 그레고리력이 등장하면서 인류의 시간에서 오차가 사라졌기 때문에 과거의 진실을 아마데우의 지인들에게 제대로 알려 주는 주인공과 그레고리우스라는 이름은 정말 잘 어울리죠.

영화 속 인물들은 자기 스스로가 진정으로 무엇을 원하는지 제대로 자각하지 못했습니다. 똑똑하고 지적 수준이 높은 그레고리우스와 아마데우 둘 다 그러했죠. 아마데우는 자신만을 위한 여정을 타인과 함께하고 싶은 여정이라고 착각했고, 그레고리우스는 영화 마지막, 리스본에 남아야 진짜 인생을 살 것임에도 자신이 살고 있는 스위스행 열차를 타고 따분한 일상으로 돌아가려고 했습니다. 그들은 타인의 한마디 충고가 있기 전까지는 자신의 잘못된 선택을 인지조차 하지 못했죠. 이렇게 영화는 타인의 도움 없는 나는 진실을 보지 못하는 존재이며 행복해질 수도 없다고 말합니다. 그리고 타인의 도움이 있기 전, 새로운 삶을 살기 위해 가장 먼저 해야 하는 일은 생각을 행동으로 옮길 준비라고요.

실제 포르투갈에서 일어났던 잔혹한 독재 정권에 대한 역사를 이야기하고 있지만 동시에 정말 따뜻한 인생 이야기를 해 주고 있는 영화 〈리스본행 야간열차〉. 따분한 일상에서 벗어나고 싶다는 생각을 한 번이라도 해 보셨다면 꼭 보셔야 할 영화라고 생각하는 작품입니다. 영화를 보기 직전, 다시 한번 아마데우의 이 말을 되새겨 보세요. '항상 극적인 순간만이 삶을 변화시키는 것도 아니며 삶에 있어서 새로운 빛은 조용히 찾아온다'는 아름다운 진리를요.

내가 움직여야지만 비로소 출발하는 인생행 열차

안정된 삶에 취해 진짜 인생을 잃어버릴
위기에 놓였다, 영화 <우리 사랑하는 동안>

< 우리 사랑하는 동안 While We Were Here, 2012 >

드라마 / 미국 / 83분

개봉: 2013. 09. 13.

감독: 캣 코이로

주연: 케이트 보스워스, 클레어 브룸, 제이미 블랙리, 이도 골드버그

사랑과 열정은 서로 떼어내려야 떼어낼 수 없는 관계의 단어들입니다. 그렇기에 두 단어는 종종 같은 의미로 사용되고는 하죠. 사랑은 열정이고, 열정은 곧 사랑이라고요.

열정을 뜻하는 단어 Passion. 사랑의 뜨거움과 욕망의 추구를 단 한 단어로 묘사하자면 열정보다 잘 어울리는 단어는 없을 거예요. 그러나 이 'Passion'이라는 단어에는 열정이라는 뜻 외에 '격정', '격노'라는 의미도 있습니다. 또한 Passion이라는 단어는 라틴어로 '고통받다', '악화되다'를 의미하는 'Pati'에서 비롯된 단어이기도 하죠. 이는 열정과 고통은 한 끗 차이이며 사랑은 곧 고통을 가져온다는 옛사람들의 생각이 반영된 것일지도 모르겠습니다.

시간은 많은 것을 바꾸어 놓습니다. 당연히 시간이 모든 사람을, 또 모든 감정을 변하게 하는 것은 아니지만 우리가 좋아했고, 우리에게 소중했던 것들을 어느 순간 그렇지 않게 만듭니다. 즐겨 듣던 노래에 싫증이 나고, 좋아했던 음식이 지겨워지고, 사랑했던 사람에게 권태를 느끼기도 하니까요.

그렇게 사랑의 열정이 사그라지고 나면 고통의 시간이 찾아옵니다. 어떤 것을, 혹은 누군가를 향한 나의 사랑을 이어 나갈지 혹은 끊어 낼지 결정을 내려야만 하죠. 이때 대화와 소통, 그리고 서로를 향한 이해는 고통을 다시 사랑으로 바꾸어 놓지만 모두가 고통의 시간 속에서 기적을 이뤄내는 것은 아닙니다. 러시아의 대문호 레프 톨스토이 또한 '내가 이해하는 모든 것은 오직 내가 사랑하기 때문에 이해한다(Everything that I understand, I understand only because I love)'라는 말을 했을 만큼 사람 간의 소통과 이해는 사랑이 바탕이 되지 않으면 일어날 수 없는 일이니까요.

진짜 문제는 여기서부터 시작됩니다. 서로 간의 소통과 이해가 불가능했음에도 단지 미련이 남았기에, 추억이 떠오르기에, 지나온 시간이 안타깝기에, '지금'이라는 안정감을 놓고 싶지 않기에 이미 죽어버린 관계를 놓지 못하게 되면서요. 그럴 때 우리는 스스로를 타일러야 합니다. 행복해지기 위해 시작한 사랑이 우리의 발목을 잡는 불행이 되어버리기 전에 놓아야 하는 것은 놓아주어야 한다고 말이죠.

　지금, 죽어있는 삶이 아닌 살아있는 삶을 살고 계신 게 맞으신가요? 서로를 향한 소통과 이해에 다다르지 못했음에도 서로를 끊어내지 못해 멈춰버린 관계를 이어나가고 계신다면 그 사람과의 만남을 시작했던 가장 근본적인 이유를 다시 한번 떠올려 보시길 바랄게요. 우리가 사랑하는 이유는 행복을 추구하기 위함이라는 걸 이 영화의 제인처럼 잊지 않으시길 바랄게요. 영화 〈우리 사랑하는 동안〉은 이렇게 시작합니다.

╶╀╴

While We Were Here, 2012

　주인공 '제인'은 첼리스트인 남편 '레너드'의 출장으로 함께 이탈리아 나폴리에 옵니다. 기차역을 빠져나온 두 사람은 이내 자신들이 지낼 호텔로 향하죠. 그러나 택시비 지불을 위해 지갑을 찾던 제인은 조금 전까지 있었던 지갑이 사라진 것을 발견합니다. 나폴리에서의 시작이 그렇게 좋지 않은 것 같은 제인이죠.

　아직 제대로 된 글을 써 보지는 못했지만 작가를 꿈꾸는 제인. 이곳에서 여유를 즐기며 전쟁 생존자인 할머니의 인터뷰를 토대로 전쟁과 삶에 관한 한 편의 책을 집필해 보려 하지만 남편은 응원은 못해줄망정 사기를 떨어뜨리는 말을 합니다. 매번 이런 대화가 계속되는 걸 보아하니 이 부부 사이에서 소통이 끊긴 지는 꽤나 오래된 듯합니다.

그렇게 다음 날, 남편이 출근한 뒤 홀로 남은 그녀는 나폴리 인근 섬으로 향합니다. 이곳 지리를 모르는 그녀는 지나가던 한 소년에게 관광지를 물어보죠. 제인의 짧았던 질문은 대화로 이어지고 이 '케일럽'이라는 이름의 열아홉 소년은 제인에게 끊임없이 말을 걸어옵니다. 케일럽의 나이를 들은 제인은 남편과 자신도 케일럽처럼 열아홉 살이 되던 해 서로 사랑에 빠졌다고 말하기도 하죠. 함께 관광지를 돌아다니다 석양 앞에서 갑작스럽게 이탈리아 시를 읊는 그의 의외의 모습에 놀라기도 합니다. 이후, 케일럽과 함께 저녁 식사까지 하게 된 제인. 처음엔 케일럽을 경계했으나 어느새 자신의 인생 이야기까지 털어놓습니다. 남편 레너드와 자신이 결혼한 이유는 임신 때문이었지만 아이는 결국 유산되었다는 것이었죠. 물론 진지한 대화 뒤 캐주얼한 농담도 이어 나갔고요.

식사를 끝내고 계산을 하려던 때에 케일럽은 제인의 손을 잡고 갑자기 식당에서 도망치기 시작합니다. 식당 주인을 피해 한참을 달린 두 사람. 사실은 식삿값을 미리 지불해 놓았던 케일럽의 장난스러운 일탈이었습니다. 화를 내기는 해도 이 상황을 재미있어하는 제인입니다. 그녀는 케일럽과 함께 방파제를 거닐며 남편이 기다리고 있는 나폴리로 돌아갑니다.

다시 밝아 온 다음 날. 남편과 근처에서 아침 식사를 하던 제인은 우연히 주변을 지나가던 케일럽과 재회합니다. 그녀는 남편에게 합석 의사를 묻지 않은 채 케일럽에게 식사 제안을 하죠. 이 상황이 불편한 남편과 달리 즐거운 제인과 케일럽. 식사를 끝낸 뒤 산책을 하던 세 사람. 케일럽은 언제든지 놀러 오라며 자신의 집 주소를 제인의 손등에 적어 주고는 이들 부부와 헤어집니다. 이 대화가 없는 부부 또한 오늘 밤 데이트 약속을 하고 헤어지죠. 그렇게 남편 레너드는 오늘도 출근을 하고 제인은 홀로 할머니의 인터뷰를 들으며 산책을 합니다.

그러던 중 섬으로 돌아간 줄 알았던 케일럽이 다시 제인을 따라옵니다. 처음엔 무척이나 놀란 제인이었지만 이내 웃으며 함께 나폴리 시내를 걷죠. 으슥한 골목길을 지나던 두 사람. 케일럽은 갑작스레 사랑 고백을 하더니 입까지 맞춰 옵니다. 제인은 이 상황이 당혹스러워 황급히 도망치죠. 그녀는 숙소에서 할머니의 녹음테이프를 들으며 마음을 가다듬고 낮에 남편과 약속했던 데이트를 위해 그의 퇴근을 기다립니다. 하지만 아침 약속과 달리 집에 오자마자 연주 연습을 하는 남편 레너드. 결국 다음 날이 되어서야 데이트를 나간 두 사람입니다. 데이트는 그저 관광 코스에서 무미건조하게 사진을 찍는 것일 뿐이었습니다.

다음 날, 다시는 케일럽을 만나지 않겠다고 생각했던 제인은 다시 한번 배를 타고 섬으로 향합니다. 그와 함께 수영도 하고, 섬의 이곳저곳을 돌아다니며 즐거운 시간을 보내죠. 제인은 할머니와의 인터뷰에서 들었던 말처럼 '지금과는 다른 삶'을 살아 보려 하는 것 같습니다. 하지만 그날 밤에도 남편은 그녀에게 시간을 내주지 않습니다. 제인은 대화가 필요하다며 레너드에게 말을 걸어 보지만 레너드는 또다시 대화를 거절합니다. 이후 제인은 케일럽과 점점 더 많은 시간을 보내죠. 제인과 레너드 부부는 어쩌다 이 지경까지 오게 된 것일까요? 남편과 대화해 보려는 그녀의 노력은 성공하게 될까요?

-¦-

모든 영화는 각자의 방식으로 관객에게 메시지를 전달합니다. 어떤 영화는 담담하게 이야기를 전달하고, 어떤 영화는 감정을 담아 호소하죠. 전 개인적으로 이 작품 〈우리 사랑하는 동안〉은 아주 덤덤하게 질문을 던지고 있다고 생각했습니다. '우리가 타인과 관계를 맺을 때 정말 필요한 것은 무엇인가?' 그리고 '나는 스스로 만족할 만한 인생을 살아가고 있는가?'와 같은 질문이요. 감독은 제인과 레너드라는 19살에 만나 사랑에 빠진, 그리고 임신으로 결혼을 한 부부를 주인공으로 선보입니다. 열정과 뜨거움은 오래전 사라져 버린 이 두 사람은 아무런 대화도 없이 아름다운 이탈리아 남부에 도착했습니다. 그저 그런 권태였으면 좋으련만 이 적막은 그저 권태로 인한 것이 아니었죠. 모든 커플에게 저마다 결혼의 목적이 있겠지만 이 두 사람의 경우, 결혼의 목적은 아이였습니다. 그러나 아이는 유산되었고 제인은 더 이상 아이를 가질 수 없는 몸이 되어 버렸습니다. 이들의 결혼 생활은 아이와 함께 오래전 죽어 버렸던 것이죠. 제인과 레너드 사이에는 소통의 부재가 있고 이 부부는 고통의 시간을 소통과 이해로 풀어내지 못했습니다.

제인이 시간 날 때마다 열심히 읽고 있는 책은 소설도, 에세이도 아닌 이탈리아어 사전이었습니다. 정말 실용적인 물건을 읽고 있는 그녀이죠. 그녀의 삶은 실용적인 사전과도 같았습니다. 레너드가 자신을 더 이상 사랑하지 않는 것도 알고 그와의 결혼 생활이 아주 오래전 망가져 버린 것도 알지만 제인은 지금의 삶이 주는 '안정감'을 잃고 싶지 않아 이 사실을 애써 외면해 왔습니다. 할머니와 함께한 인터뷰를 정리하기 전까지는요. 제인은 인생 선배라고도 볼 수 있는 할머니를 통해 자신과 남편의 관계를, 더 나아가 삶을 뒤돌아보게 되었죠.

따라서 이 영화를 감상할 때 주의 깊게 보아야 하는 건 제인의 불륜이 아닌, 그녀가 케일럽을 만나 자신의 결혼에 문제가 있음을 인지하는 것입니다. 케일럽과의 만남은 '그래, 이게 사랑이었지', '나도 19살이었을 때 저렇게 아무런 걱정 없이 사랑만 했었지', '남편과 처음 만난 19살 난 그랬었지'라고 그녀를 깨닫게 해주는 장치일 뿐이죠. 케일럽이 유달리 아이 같이 보이는 이유도 19살에 처음 만나 결혼을 했던 제인 부부의 모습, 특히 과거 레너드의 모습을 상징하는 인물이기 때문입니다. 그녀는 케일럽을 통해 남편과 자신의 과거가 어땠는지 피부로 느끼는 거죠. 열정 혹은 뜨거운 사랑 같은 것들은 관계 속에서 영원히 지속될 수는 없습니다. 하지만 사랑이라는 감정만큼은 언제나 그 자리를 지켜야겠죠. 그리고 열정과 뜨거움이 빠져나간 그 공간엔 대화와 이해가 자리 잡아야 할 거고요.

영화 속 제인의 할머니는 나 스스로도 만족할 수 있는 인생을 살아야 한다고 말합니다. 그러려면 '평생 기억할 만한 사건들'을 많이 만들어야 한다고도 말하죠. 나 혼자 웃으며 회상할 수 있는 과거가 있는지 없는지, 그 유무가 인생의 끝을 쥐락펴락한다고요. 하지만 할머니는 기억할 만한 사건들이 없는 우리에게 아직 늦지 않았다고 말합니다. 원점으로 되돌아가 인생을 다시 시작할 수 있는 용기가 남아 있다면요.

우리는 지금까지 쌓아 올린 인생이라는 탑이 무너질까 항상 두려워합니다. 잘못된 기초 공사로 엄청나게 흔들리고 있는데도 무너지지 않기만을 바라며 하루하루를 버티죠. 언제 무너질지 모르는 그 탑을 처음부터 다시 쌓으면 좋으련만 투자한 시간이 아까워서 다시 시작할 용기가 나지 않습니다. 하지만 지금까지 쌓아 올린 시간보다 앞으로 쌓아 올릴 시간이 더 많이 남았다면 정답은 하나겠죠.

영화 〈우리 사랑하는 동안〉은 남편과 함께 기력 없이 나폴리에 도착했던 제인의 모습으로 시작하였지만 홀로 책을 집필하며 조금은 성장한 제인의 모습을 비추고 끝이 납니다. 그녀는 더 이상 할머니의 녹음을 들으며 주제 구상만 하는 게 아니라 자신만의 이야기를 써 내려가죠. 이 영화 〈우리 사랑하는 동안〉을 통해 안정감을 놓고 싶지 않아 진짜 안정을 놓치고 있는 것은 아닌지 한 번 확인해 보시길 바랄게요.

우리 살아가는 동안

익숙한 둥지를 떠나 비로소 비상하려 하는
당신이 꼭 봐야 하는, 영화 <브루클린>

< 브루클린 Brooklyn, 2016 >

드라마 / 아일랜드, 영국, 캐나다 / 111분

개봉: 2015. 11. 06.

감독: 존 크로울리

주연: 시얼샤 로넌, 도널 글리슨, 에모리 코헨

제69회 영국 아카데미 시상식(작품상 수상)
제88회 미국 아카데미 시상식(각색상, 여우 주연상, 작품상 후보)
제73회 골든 글러브 시상식(여우 주연상 후보)

가장 기억에 남는 새로운 시작은 언제였나요? 너무 오래전의 일이라 기억이 잘 나지 않으실지도 모르겠어요. 제 최초의 새로운 시작은 대학교에 입학한 뒤 바다 건너 외국의 기숙사에서 홀로 지내야 할 때였습니다. 긴 시간이 흘렀음에도 그날의 기억을 떠올리면 여전히 두렵습니다. 새로운 장소에서 새로운 사람들과 지금껏 경험해 보지 못한 생활을 해야 한다는 압박감에 잠을 설치기도 했죠. 과연 이 낯선 곳에서 홀로 잘 버틸 수 있을지 의문이 들기도 했고요. 물론 시간이 지날수록 혼자 사는 것은 점점 더 쉬워졌습니다. 그렇기에 전 생각했죠. 홀로 무언가에 도전하는 것은 그렇게 어려운 일이 아니라고요. 하지만 이건 큰 오산이었습니다. 취업, 승진, 결혼, 출산, 육아외 같은 수많은 새로운 시작이 저를 기다리고 있었기 때문이죠.

안정적인 둥지에 머무르다 나만의 둥지를 새롭게 튼다는 것은 결코 쉬운 일이 아닙니다. 내가 만든 보금자리에서 나만의 인생을 홀로 개척해 보겠다는 것은 부담스러워 피하고 싶은 일이기도 하죠. 하지만 그럼에도 불구하고 우리는 때로 움직여야 합니다. 홀로서기에 성공한 나를 기다리고 있는 밝은 미래를 위해서라도요. 이 과정에서 우리는 분명 어려움에 봉착할 거예요. 어쩌면 익숙한 것들의 품으로 돌아가고 싶은, 혹은 모든 것을 포기하고 싶은 욕구가 생길 수도 있겠죠.

이번에 들려 드릴 영화 〈브루클린〉은 밝은 미래를 위해 홀로서기에 도전하는 여성, '에일리쉬'의 모습을 그리고 있습니다. 아일랜드에서 태어나고 자란 그녀가 성공의 기회를 찾아 미국 브루클린으로 향하는 내용의 이 작품은 여느 영화처럼 도전하면 쉽게 성공하는 주인공의 일대기를 담지 않죠. 오히려 에일리쉬에게 여러 시련과 고난을 선물하며 새로운 시작으로 향하는 길은 결코 꽃밭이 아니라는 것을 일깨워 줍니다. 그러나 이와 동시에 익숙하고 안전한 옛집으로 되돌아가고 싶을 때면 새로운 시작을 꿈꿨던 그날을 떠올리며 여기까지 온 이유를 상기해 보라고 말합니다. 그것이 가능하다면 어질러진 내 마음을 바로잡는 것은 어려운 일이 아닐 거라고요. 새로운 시작은 무척이나 고된 일이 분명하지만, 그 끝에서 기다리고 있는 성취감은 어떤 음식보다 달콤하다고요. 도전을 앞둔 이들을 향한 격려의 박수이기도 하며, 타지 생활을 하는 이들에게 보내는 위로의 메시지이기도 한 존 크로울리 감독의 〈브루클린〉은 이렇게 시작됩니다.

＋
Brooklyn, 2016

아일랜드의 작은 마을에 사는 주인공 '에일리쉬'는 새벽 일찌감치 일어나 악덕 사장님과 성당을 다녀오고는 바로 출근을 합니다. 길었던 하루가 끝나고 그녀는 아침 내내 하려던 말을 꺼냅니다. 고향에서 제대로 된 직장을 구하지 못했기에 신부님의 도움으로 아일랜드를 떠나 미국 브루클린에서 새 인생을 시작해 보려 한다는 것이죠. 하지만 축하의 말을 건네기는커녕 악담을 늘어놓는 사장입니다. 에일리쉬가 혼자 잘 먹고 잘살겠다는 이유로 아일랜드를 떠난다면 남겨진 어머니는 언니 혼자 책임을 져야 한다며 죄책감을 짊어지우죠. 그녀는 이 말을 듣자 사장이 의도한 대로 큰 죄책감을 느끼지만 엄마와 언니는 바다 건너 미국으로 향하는 에인리쉬를 응원해 줄 뿐입니다.

에일리쉬가 집을 떠나 미국으로 향하는 배를 타는 날이 다가왔습니다. 어머니는 떠나는 딸을 지켜볼 수도 없었죠. 언니는 동생과 마지막 이별의 키스를 나눕니다. 그렇게 에일리쉬의 홀로서기가 시작되죠. 배를 처음 타 보는 것이었기에 배 안의 모든 것이 어색한 그녀. 화장실을 가는 법조차 알지 못합니다. 그러나 다행히도 에일리쉬의 룸메이트는 미국에 여러 번 다녀온 후였기에 에일리쉬가 배 안에서 잘 적응할 수 있도록 큰 도움을 줍니다. 그러나 그녀는 한 가지 슬픈 소식을 전하기도 합니다. 아일랜드의 가족들과는 점점 연락이 끊기게 될 거라는 이야기였죠.

시간이 지나 에일리쉬는 미국에 도착했습니다. 이곳에 지인이라고는 없지만 신부님의 소개로 알게 된 하숙집으로 향합니다. 하숙집 사장님 덕에 번듯한 첫 직장을 조금은 수월하게 얻기도 하죠. 하지만 백화점 종업원으로 일하는 것은 처음이기에 손님 응대부터 판매까지, 모든 것이 어색하기만 합니다. 이 때문에 매니저에게 꾸중을 듣기도 하고요. 이와 같은 서러움이 계속되다 보니 에일리쉬는 점점 더 고향의 가족들이 그리워집니다. 매일 밤을 눈물로 지새우죠. 향수병으로 무척 괴로워하는 에일리쉬를 보자 신부님은 그녀가 대학에서 공부를 할 수 있도록 사비로 그녀의 학비를 지원해 주기까지 합니다.

그렇게 에일리쉬의 아무 의미도 없던 미국에서의 나날이 조금씩 바뀌기 시작합니다. 하숙집 친구들과 함께 아일랜드인을 위한 댄스파티에 가기도 하는 그녀. 그곳에서 운명의 상대, '토니'를 만납니다.

대학을 다니며 회계사의 꿈을 갖게 된 에일리쉬는 착실하게 배관공 일을 하고 있다는 토니와 많은 것을 공유합니다. 시간이 지날수록 두 사람은 한 걸음 한 걸음, 서로에게 다가가는 모습을 보이고, 그녀는 토니 가족과 저녁 식사를 함께하기도 하죠. 고향의 언니는 에일리쉬가 미국에서 잘 적응하고 있다는 소식을 듣자 기쁨의 눈물을 흘리기도 합니다.

그러나 미국에서 행복한 하루하루를 보내고 있던 에일리쉬에게 비극적인 소식이 들려옵니다. 언니가 갑작스러운 병으로 사망하게 되어 더 이상 동생 에일리쉬의 편지를 받을 수 없게 되었다는 것이죠. 에일리쉬는 자신이 무슨 부귀영화를 누리겠다고 미국에 온 것인지, 어머니와 언니를 남겨두고 미국에 온 자신이 너무나 바보 같아 후회합니다. 힘들어하는 에일리쉬에게 토니가 해줄 수 있는 일은 그녀가 아일랜드로 돌아갈 수 있게끔 도와주는 것뿐이었습니다. 그러나 에일리쉬를 놓치고 싶지 않던 토니는 그녀에게 청혼을 하고, 에일리쉬는 간단한 결혼식을 올리고 난 뒤 고향에 돌아가죠.

이후 언니의 장례식이 끝나고 에일리쉬는 우연히 친구의 소개로 '짐'이라는 부잣집 청년을 만나게 됩니다. 때마침 어머니의 부탁으로 조금 더 긴 시간 아일랜드에 체류하게 된 그녀는 짐과도 많은 시간을 보내죠. 미국에서 성공한 채 고향으로 돌아오자 고향 사람들이 그녀를 대하는 태도가 바뀌었습니다. 모두가 그녀를 부러워하고 있었죠. 시간이 지나며 에일리쉬는 토니가 아닌 짐에게로 마음이 기울기 시작합니다. 미국에서 온 남편 토니의 편지를 읽어 보지도 않는 에일리쉬입니다.

과거 고향에서는 한 번도 경험해 보지 못한 행복한 생활을 누리게 되자 미국으로 돌아가고 싶은 마음이 사라진 듯한 에일리쉬. 과연 그녀는 자신을 기다리는 토니에게로, 새로운 기회가 가득한 미국으로 돌아갈 수 있을까요?

-|-

잔잔할 것 같지만 전개될수록 충격적인 이야기와 반전을 담고 있는 영화 〈브루클린〉은 개인적으로 시얼샤 로넌이 출연한 영화 중 최고의 작품이라고 생각하는데요. 물론 매 영화에서 최고의 연기를 보여주는 그녀이지만 실제 아일랜드에서 태어난 아일랜드인이며 미국에서 제2의 삶을 살아가고 있는 시얼샤이기에 〈브루클린〉 속 에일리쉬의 연기가 더 진정성 있게 느껴지지 않았나 싶습니다. 또 영화의 원작 소설은 맨부커상 후보에 올랐을 만큼 문학의 정수를 느낄 수 있는 작품이기에 영화의 스토리가 더 탄탄할 수 있지 않았나 싶고요.

고향 아일랜드를 떠나 미국 브루클린에서 온갖 역경과 시련을 겪은 주인공이 새로운 사람들과 함께 이민 생활에 성공하는 이야기를 예상하셨다면 영화가 진행될수록 충격을, 더 나아가서는 배신감을 느끼셨을 거예요. 순진하게만 보이던 그녀가 자신만 바라보고 사랑해 주던 토니를 배신한 뒤 조건이 더 좋은 남자인 짐을 만나 깊은 관계로 발전했으니까요.

흔히 영화는 우리의 삶과 사회를 비유하는 거울이라고 하죠. 1950년대 새로운 기회를 찾아 미국에서의 삶을 선택한 이민자들의 이야기를 담은 영화이니만큼 관객인 우리는 멀리서라도 이들의 삶을 이해해 볼 필요가 있습니다. 더 나아가 감독이 전하고자 하는 영화의 메시지를 항상 새로운 일에 도전해야 하는 우리 모습에 대입해 보아도 좋을 것 같아요.

에일리쉬는 고향에서 마땅한 직업이 없었습니다. 주말마다 아르바이트를 했지만 그녀는 가족을 위해 돈을 쓰기는커녕 자신에게 제대로 된 옷 한 벌조차 사줄 수 없는 처지였죠. 그러나 에일리쉬는 미국으로 건너간 뒤 주위의 도움을 받아 스스로를 꾸미는 법을 알았고, 나를 위한 시간을 가졌으며 토니를 만난 뒤에는 이방인이라는 서러움, 고향과 가족에 대한 그리움을 느끼는 대신 행복과 사랑을 알았습니다. 하지만 자신의 반쪽과도 같던 언니가 갑작스럽게 사망하고 만리 타지에 있는 에일리쉬는 장례식조차 참석할 수 없게 됩니다. 새로운 기회와 희망이 가득했던 미국은 그녀에게 후회와 절망을 안겨 주죠.

아일랜드에 있는 짐에게 흔들렸던 건 고향을 그리워하는, 혹은 고향으로 돌아가고 싶어 하는 이방인, 혹은 이민자의 모습을 비유합니다. 아무리 고향에서의 기억이 힘든 나날의 연속이었다고 하더라도 에일리쉬도 집이 그립지 않았을까요? 토니의 말처럼 '집은 집이니까'요.

주인공 에일리쉬의 이러한 모습은 우리와 크게 다를 바가 없습니다. 새로운 도전을 하리라 마음먹는 데에도 오랜 시간이 걸리지만 도전을 시작하고 난 뒤 크고 작은 어려움에 봉착하게 되니까요. 새로운 꿈과 희망이 우릴 기다리고 있을 것임에도 불구하고 이질감과 두려움이 덮쳐 오기도 하죠. 그럴 때면 우리는 나에게 가장 친숙하고 안정적인 곳이나 나와 오래전부터 알고 있던 사람들에게 돌아가고 싶어집니다. 에일리쉬처럼요. 따라서 미국으로의 이민은 '우리의 새로운 도전'으로, 토니와의 만남은 '새로움에 익숙해져 가는 과정'으로, 언니 로즈의 죽음은 '도전 중 맞닥뜨린 난관과 역경'으로, 짐과의 만남은 '익숙함이라는 달콤함에 모든 걸 포기하고 싶어지는 우리의 마음'으로 이해하시면 좋을 것 같아요.

영화는 우리에게 말합니다. 어떻게 새로운 도전이 무섭지 않겠냐고요. 경험해 보지 못했기에 두려움을 느끼는 것은 당연하다고요. 사람은 완벽하지 않기에, 또 앞날은 그 누구도 알 수 없기에 얼마든지 실패와 절망의 순간을 경험할 수 있고, 때로는 바보 같은 선택을 하기도 한다고요. 하지만 그럼에도 불구하고 우리는 매 순간 선택을 내려야 하며 그 선택의 결과가 비록 실패라 하더라도 주저하지 말고 앞으로 나아가야 한다고도 말하고 있죠.

에일리쉬가 아일랜드에 남았다면 그녀를 기다리고 있는 삶은 무엇이었을까요? 악덕 사장 밑에서 일을 하다 비슷한 가게에서 항상 그래왔던 것처럼 파트타임 직으로 일했을 것이고 언니는 에일리쉬의 곁에 있는 것과는 별개로 병을 고치지 못해 결국 사망했을 것입니다. 물론 장례식에는 참석할 수 있겠죠. 하지만 그녀는 자신을 위한 공부를 할 수도, 번듯한 직장을 가질 수도, 정말 사랑하는 남자를 만날 수도, 집은 꼭 내가 태어난 곳만을 의미하는 게 아님을 알 수도 없었겠죠.

브루클린은 미국 뉴욕시의 5개 자치구 중 최대 인구를 자랑하는 곳이자 실제로 미국 전역에서 가장 많은 인종이 모여 사는 곳입니다. 영화 포스터의 단골로 등장하는 브루클린 다리는 이민자들을 주인공으로 한 영화에 꼭 등장하죠. 아일랜드 이민자들이 특히나 모여 살던 곳이기도 했고요. 영화의 스토리와 정말 잘 맞는 제목인 셈입니다.

그저 불륜 이야기를 담은 작품이라고만 해석하기에는 영화가 들려주는 이야기가 너무나 많습니다. 새로운 도전을 하는 것이 두려워 주저하고 계신다면 아주 자그마한 용기를 얻기 위해서라도 이 영화 〈브루클린〉을 보시길 추천드리겠습니다.

무거운 발걸음을 떼지 않는다면 절대 앞으로 걸어나갈 수 없다

스스로를 감옥에 가둬 버린 재벌가 며느리의
충격적인 선택, 영화 <아이 엠 러브>

< 아이 엠 러브 I Am Love, 2009 >

드라마 / 이탈리아 / 119분

개봉: 2010. 03. 19.

감독: 루카 구아다니노

주연: 틸다 스윈튼, 플라비오 파렌티, 에도아도 가브리엘리니, 알바 로르와처

제68회 골든 글로브 시상식(외국어 영화상 후보)
제83회 아카데미 시상식(의상상 후보)

학부 시절, 서양 사상 수업을 들으며 존 밀턴의 『실낙원』에 대해 배운 적이 있습니다. 창조주인 하나님이 자기 형상대로 인간 아담과 이브를 만든 뒤, 에덴동산에서 벌어진 인간의 타락과 구세주의 탄생을 그린 이 작품에서 '자유 의지'는 수업의 가장 뜨거운 감자였습니다. 신이 모든 걸 다 알고 있다면 애초에 선악과를 만들지 않았으면 되었을걸, 사탄이라는 존재를 없애 버렸으면 되었을걸, 자비롭다는 신은 어째서 아담과 이브가 저지른 단 한 번의 실수를 용납하지 못해 에덴동산이라는 낙원에서 그들을 쫓아내 황야에서 살게 만들었는지 모두가 이 작품에 대해 저마다의 의견을 내기 시작했습니다. 그러자 교수님은 말씀하셨습니다.

"저는 이렇게 말하고 싶습니다. 인간에게 허락된 가장 참된 축복은 바로 우리가 우리 스스로를 자유롭게 행동할 수 있도록 만드는 '자유 의지'라고 할 수 있겠습니다. 우리가 지금 배우고 있는 존 밀턴의 『실낙원』에 따르면, 창조주인 신이 모든 걸 알고 있음에도 아담과 이브를 저지하지 않았던 건 그들이 스스로 생각을 할 수 있도록, 고민 끝에 결정을 내릴 수 있도록 자유 의지를 부여했기 때문이죠. 그리고 인간에게 이 자유 의지를 부여함과 동시에 책임 또한 부여했습니다. 자유 의지가 없는 인간은 탈출구가 없는 미로에서 영원히 헤매는 모습과도 같습니다. 미로에는 맛있는 음식, 아름다운 옷, 갖가지 즐길 거리가 넘쳐나지만 나갈 길이 없는 곳에서 영원히 헤매는 것이 과연 무슨 의미가 있을까요? 미로 밖은 어떻게 생긴 곳인지, 무슨 일이 일어날지 모르는 장소라고 해도 자유 의지를 행할 수 있는 곳이야말로 진정으로 가치가 있는 곳입니다. 자유란 그런 것입니다. 내가 지금 행하는 이 자유로운 행동이 무슨 결과를 불러일으킬지는 알 수 없지만, 우리는 우리가 저지른 일에 반드시 책임을 져야 합니다. 어쩌면 이 책임이야말로 신이라는 존재가 있다면 인간에게 자유 의지를 부여한 진짜 이유일지도 모릅니다"

교수님의 답변이 끝나고, 강의실은 조용했습니다. 아마 수업을 듣는 학생들 저마다 이 '자유 의지'에 대해 생가히느라 바빴을 테죠. 그러나 어쩌면 이 자유 의지라는 것은 그렇게 복잡하지도, 우리와 멀게만 느껴지는 학문적인, 혹은 종교적인 개념이 아닐지도 모릅니다. 우리는 종종 '내 뜻대로 살아야 그게 진짜 인생을 사는 거지. 그 이후의 결과는 내가 책임을 지는 거고'라는 생각을 하니까요.

억압된 삶은 우리를 죽이고 맙니다. 욕망이 부재한 삶도 우리를 짓밟고 말죠. 가령 자유 의지를 잃어버린 채, 나를 잃어버린 채 살아간다면 그것은 삶이라고 부를 수도 없을 것이고요. 그렇다면 답은 하나, 우리는 언젠가부터 누군가에게 빼앗긴, 또 우리 스스로 빼앗아 간 자유를 반드시 되찾아야 하겠죠. 영화 〈아이 엠 러브〉 속 스스로를 마음의 감옥에 가둬 버린 '엠마'처럼 살고 싶지 않다면요.

÷

I Am Love, 2009

눈이 쌓인 밀라노의 한 대저택, 재벌가 며느리인 '엠마'는 오늘 밤 열릴 시아버지의 생일파티 준비에 여념이 없습니다. 큰아들 '에두'가 파티 당일 아침에도 오지 않자 엠마를 비롯한 가족들은 크게 실망한 듯하죠. 엠마의 남편이 엠마가 입을 옷을 직접 골라 입혀 주던 때에 아들 에두가 여자친구 '에바'와 함께 집에 도착합니다. 남편은 에두의 이런 지각이 달갑지 않았죠.

그렇게 시아버지의 생일파티가 시작되고, 엠마가 정성스레 준비한 그녀의 고국 음식인 러시아식 수프가 나오며 밤은 깊어 갑니다. 그런데 이때, 엠마의 딸 '베타'가 충격적인 말을 합니다. 대학에서 미술을 전공하는 대신 사진작가가 되고 싶다고 말한 것이죠. 전통을 중시하는 이 집안에서 딸의 꿈을 지지하는 사람은 그녀의 엄마 엠마뿐이었습니다. 가족 그 누구도 진심으로 베타의 결정을 축하해 주지 않았으니까요. 베타의 말이 끝나자 엠마의 시아버지도 중대 발표를 합니다. 자신이 경영하고 있던 직물 사업을 엠마의 남편에게 물려주려고 한 것이었죠. 그러나 할아버지는 자신의 아들뿐만 아니라 손자 에두에게도 물려준다는 말을 덧붙입니다. 자신의 아들과 손자가 공동으로 경영을 하길 원했던 것이죠. 그러나 에두와 함께 유산을 물려받게 된 남편의 표정이 급격히 굳습니다.

이때, 저택을 찾아온 한 남자가 있습니다. 에두의 친구, 셰프인 '안토니오'였죠. 엠마 또한 에두의 소개로 안토니오와 인사를 나눕니다. 그저 평범한 인사를 나눴던 엠마와 안토니오. 하지만 엠마는 자신의 방에서 저택을 떠나는 안토니오를 몰래 지켜봅니다.

시간이 흘러 여름이 되었습니다. 평소처럼 가족들의 세탁물을 찾으러 시내로 나갔던 엠마는 세탁소 주인에게서 한 통의 쪽지를 받습니다. 아들 에두의 옷 속에 들어있던 이 쪽지는 딸 베타가 오빠인 에두에게 쓴 짧은 편지였죠. 베타는 그 편지에서 자신이 남자가 아닌 여자를 사랑하게 되었다는 말을 전하고 있습니다. 완벽해 보였던 엠마의 삶은 이날부터 뿌리가 조금씩 흔들립니다.

이후 영화는 안토니오와 아주 가까운 친구 사이로 발전하게 된 에두를 비춥니다. 둘은 레스토랑을 새로 운영하려는 계획을 세우고 있죠. 회의가 끝난 뒤, 에두는 오늘 밤 집에서 열릴 파티에 안토니오가 셰프로서 음식을 담당해 주길 바랍니다. 안토니오는 에두의 부탁을 받아들이고, 그렇게 엠마는 다시 한번 안토니오를 마주하죠. 두 사람은 반갑게 인사합니다. 요리에 관심이 많은 엠마는 안토니오의 옆으로 다가가 구경을 하다 함께 음식을 만들며 자연스레 손을 잡습니다.

그날 밤, 에두는 아버지가 출장을 떠난 사이 집에서 열린 파티에서 여자친구 에바에게 청혼합니다. 이 시각 엠마는 방에서 혼자 고국 러시아 책을 보며 추억에 젖어 있죠. 이탈리아에 완벽하게 적응한 듯 보이지만 혼자 있을 때면 그 경계가 쉽게 풀립니다. 그러나 둘째 아들이 그녀의 방에 노크를 하면서 혼자만의 시간은 금방 깨져 버리고 맙니다.

얼마 뒤 엠마는 시어머니, 그리고 예비 며느리 에바와 함께 안토니오의 식당에 갑니다. 그녀는 안토니오의 음식을 먹고 황홀경에 빠지죠. 말로 표현하지 못할 묘한 감정에 휩싸인 엠마. 식사를 끝내고 안토니오에게 감사 인사를 전하는데, 분위기가 조금 이상한 두 사람입니다. 그날 오후, 딸 베타는 방학을 맞아 집으로 돌아오고 그녀는 엠마에게 자신의 비밀을 털어놓습니다. 엠마는 이 말을 듣고는 감정의 소용돌이에 휩싸입니다. 홀로 안토니오의 집이 있는 산레모라는 도시로 향하기에 이를 정도였죠. 처음 와보는 산레모가 낯설어 두리번거리던 이때, 거짓말처럼 마트에서 장을 보고 나온 안토니오를 발견한 엠마. 그녀는 안토니오를 뒤쫓다 행인과 부딪힙니다. 그녀와 부딪힌 행인은 거짓말처럼 안토니오였죠. 엠마는 산레모까지 어쩐 일로 왔냐는 안토니오의 물음에 태연하게 딸과 근처에 놀러 왔다 우연히 산레모에 오게 되었다는 거짓말까지 합니다.

그렇게 안토니오는 에두와 레스토랑 동업을 하려는 곳으로 엠마를 데려가고, 이때 차 안의 두 사람은 꽤나 사적인 이야기를 하죠. 레스토랑을 열 장소에 도착한 두 사람. 숨 막히는 태양 아래 고요한 적막이 흐르는 순간, 엠마와 안토니오는 뜨거운 입맞춤을 나눕니다. 이후 집으로 돌아온 엠마는 엄청난 설렘에 웃음을 주체할 수 없는 지경에 이릅니다. 아무렇지 않아 보이려 하지만, 이 집의 메이드 '이다'는 단번에 그 변화를 알아채죠. 엠마가 그녀의 전부나 다름없는 아들 에두의 이야기를 귀담아듣지 않고 있었기 때문입니다. 하지만 이렇게 일상이 흐트러진 건 비단 엠마뿐만이 아니었습니다. 안토니오는 엠마보다 한술 더 떠 엠마와 사랑을 나누는 장면을 상상하고 있었죠.

그리고 얼마 뒤, 에두가 저택에서 열리는 파티를 다시 한번 안토니오에게 맡기면서 엠마와 안토니오는 재회합니다. 저택의 안주인인 그녀는 파티를 주관했기 때문에 음식을 담당하는 셰프 또한 직접 만나 상의를 해야 했기 때문이죠. 카페에서 만난 두 사람은 음식 이야기를 나누다 눈이 마주치고, 조용히 카페를 빠져나와 안토니오의 집으로 향합니다.

이 영화의 제목은 〈아이 엠 러브〉로, 〈콜 미 바이 유어 네임〉을 연출한 루카 구아다니노 감독의 2009년 작입니다. 루카 감독은 욕망 3부작으로 유명한데요. 2009년 작 〈아이 엠 러브〉, 2015년 작 〈비거 스플래쉬〉, 2017년 작 〈콜 미 바이 유어 네임〉이 바로 그 주인공들이죠. 최근엔 많은 분이 〈콜 미 바이 유어 네임〉

을 통해 루카 구아다니노 감독을 알게 되셨겠지만 사실 그를 영화계에서 유명하게 만들어 준 작품은 이 영화 〈아이 엠 러브〉라고 할 수 있습니다.

이탈리아 출신인 루카 감독은 그의 작품 속에서 자주 이탈리아의 여름, 햇볕, 따스한 공기를 카메라에 담아내며 이탈리아 하면 떠오르는 단어인 열정과 뜨거움을 그 누구보다도 잘 표현해내고는 하죠. 그의 영화를 보고 있노라면 뜨거운 이탈리아의 여름을 보내는 것 같은 착각이 들 정도입니다. 루카 감독은 〈비거 스플래쉬〉나 〈콜 미 바이 유어 네임〉에서 자신의 영화 세계관 속 주요한 주제인 '욕망'을 조금 더 간접적으로 이야기하는 반면에 이 영화 〈아이 엠 러브〉에서는 그 어떠한 포장도 숨김도 없이 인물들의 속을 훤히 드러내고 있습니다. 특히 카메라의 렌즈가 담아낸 시각적인 부분에서요. 예컨대, 겨울철 눈이 잔뜩 쌓인 밀라노에 있는 그녀의 집 - 여름철 풀 향기가 가득한 산레모에 있는 안토니오의 집, 무채색과 어두운색의 옷을 즐겨 입던 초반의 엠마 - 사랑에 빠진 이후 붉은 옷을 입는 엠마, 치렁치렁한 긴 머리의 엠마 - 단호하고 시원해 보이는 짧은 머리의 엠마와 같은 극명한 대비점들이 욕망이 없던 엠마와 욕망에 불타는 엠마의 두 가지 모습을 매우 잘 보여주고 있죠.

욕망은 오래전부터 비정상적이고 순수하지 못한 것이라고 인지되었습니다. 때로는 탐욕이라는 전혀 다른 의미의 단어와도 자주 혼용되고는 했죠. 하지만 욕망 없는 인간이 있기는 할까요? 그리고 욕망은 정말 그릇된 가치인 걸까요? 감독은 이에 대한 답을 보다 효과적으로 설명하기 위해 영화의 주인공을 유서 깊은 가문의 안주인으로 설정했을 거예요. 매 순간 흐트러짐이 없어야 하며 욕망과는 거리가 멀어 보이는 인물을 통해서라면 영화의 메시지를 조금 더 쉽게 전달할 수 있을 테니까요.

지금까지는 계속해서 엠마의 욕망에 포커스를 맞추어 이야기했지만 사실 욕망이 있다는 것을 내비쳤던 사람은 비단 엠마뿐만이 아니었습니다. 영화 초반 엠마는 그 어떤 욕망도 없어 보이는 인물이었지만 그녀의 가족들은 달랐습니다. 모두 바라는 것이 없다는 듯 그저 욕망을 숨겼을 뿐이죠. 특히, 남편은 에두와 공동으로 회사를 경영하는 것보다는 단독으로 경영하고 싶음에도 자신의 속마음을 가족 누구에게도 제대로 털어놓지 않죠. 따라서 감독은 이러한 설정을 통해 세상에 욕망 없는 인간이란 없다는 것과 인간은 언제나 자신의 욕망을 직접적으로 표출해 내지 않는다는 것을 표현한 셈입니다.

그러던 중 딸 베타가 처음으로 욕망을 표출하고, 그걸 본 한 남자의 아내, 세 아이의 엄마, 그리고 재벌가의 며느리, 욕망이란 없는 듯 살아온 엠마도 서서히 바뀌기 시작하죠. 안토니오를 만나며 엠마는 자신 속에서 죽은 줄만 알았던 뜨거운 욕망이 아직 살아 있다는 것을 알게 됩니다. 그녀에게 겨울이 가고 여름이 온 것입니다. 루카 감독은 엠마의 변화를 영화의 배경이 되는 계절을 통해 효과적으로 비추고 있죠. 엠마 스스로가 욕망을 느끼기전, 영화는 눈 오는 겨울을 배경으로 진행되지만 안토니오에게 사랑을 느낀 이후로는 여름을 배경으로 진행되거든요.

그렇게 관객인 우리는 영화 중반쯤 그녀의 본명이 사실 '엠마'도 아니었다는 것을 알게 됩니다. 엠마라는 이름은 러시아 출신이었던 그녀가 시집을 온 나라 이탈리아에 더 잘 적응할 수 있도록 남편이 지어준 가명에 불과했거든요. 그녀는 이런 비밀을 안토니오에게 털어놓습니다. 마치 자신을 밀라노 재벌 가문의 일원 '엠마'가 아닌 그 어떤 다른 이름으로 불러달라는 것처럼요. 이름이란 한 사람에게 있어 중요한 지표가 됩니다. 사람은 저마다의 이름이 있고 그 이름을 통해 '나'의 정체성을 확립하니까요. 자기 것인데도 불구하고 남에게 더 많이 사용되는 이 '이름'은 역설적으로 내가 내가 될 수 있는 유일한 방법이기 때문이죠. 하지만 엠마는 남편을 만나 이탈리아로 오면서 더 이상은 자신의 본명을 기억하지 못하는 지경에 이르렀습니다. 결혼을 하고, 아이를 낳고, 한 집안의 며느리가 되는 과정에서 자신의 정체성(이름)을 잃어버린 것이죠.

엠마는 가족들에겐 아닌 척했지만 자신의 고국 러시아를 여전히 그리워했습니다. 러시아가 그리울 때마다 러시아식 음식을 만들고는 했죠. 이를 통해 관객은 엠마가 사실 러시아인으로서의 자신을 여전히 그리워하고 있다는 것을, 다시 말해 정체성이 있던 과거의 자신을 그리워하고 있다는 것을 알 수 있습니다. 그렇기에 엠마는 안토니오를 사랑할 수밖에 없었죠. 에두와 나머지 가족은 그저 그녀의 러시아식 레시피를 맛보는 것에 그쳤지만 요리사인 안토니오는 엠마의 러시아식 레시피를 이용해 엠마에게 직접 음식을 만들어 줄 수 있는 유일한 인물이니까요. 이는 오직 안토니오만이 그녀에게 다시 정체성을 불어넣어 줄 수 있는 인물이라고 해석할 수 있습니다. 이런 면에서 영화의 제목 〈아이 엠 러브〉는 굉장히 감동적이라고 느껴집니다. '나는 사랑이 필요해'라는 뜻의 '아이 니드 러브(I need Love)', 또는 '나는 사랑을 원해'의 '아이 원트 러브(I want Love)' 대신 '나는 사랑이다'라는 뜻을 가진 '아이 엠 러브(I am Love)'가 이 영화의 제목이 되었으니까요. 보통 자신의 이름(정체성)을 소개할 때 사용하는 '아이 엠

(I am)'이란 표현 뒤에 사랑이 나왔다는 것은 시간이 흘러 진짜 이름(정체성)을 잃어버린 엠마에게 '사랑'이라는 새로운 이름이 생겼다는 것을 뜻하기도 하니까요.

영화 속 엠마의 행동은 도덕적으로 질타 받을 일이 분명하나 영화는 비유와 상징을 통해 메시지를 전달하는 예술 작품이기 때문에 그녀의 불륜을 너무 현실적으로 받아들이지 않으시길 바랄게요. 대신 삶에 있어서 자신을 잃어버리지 않고 정체성을 확립하며 사랑을 마음에 품고 살아가는 것이 얼마나 중요한 것인지 말하고 있는 이 영화의 뜨거움에 좀 더 집중하신다면 좋을 것 같습니다.

니체는 이런 말을 했습니다. '사람을 미치게 하는 것은 회의가 아니라 확실성이다'. 영화 속 엠마는 자신이 만든 감옥에 갇혀 있다 우연히 자유와 욕망을 맛보게 되자 더 이상 예전처럼 냉정을 유지하지 못했고 평범한 일상을 살아가지도 못했습니다. 이는 엠마에게 있어 '자유를 향한 욕망'이 너무나 확실했기 때문 아닐까요? 하지만 그녀의 뒤늦은 깨달음 뒤에는 큰 책임이 따릅니다. 가족에게 상처를 남겼고, 가문의 넘쳐나는 부는 더 이상 그녀의 것이 아니게 되었으니까요. 그러나 이 모든 것을 놓아 버리는 엠마의 모습은 영화 속 그 누구보다 자유로워 보입니다. 그리고 이 자유는 같은 자유를 맛보았던 딸 베타만이 이해할 수 있었죠.

루카 감독은 관객에게 이런 말을 하고 싶었던 게 아닐까 생각합니다. 나는 어떤 사람인지, 무엇을 좋아하는지, 언제나 자신에게 질문을 던지며 살아가라고요. 질문에 답을 하다 보면 엠마처럼 모든 걸 잃을 수도 있지만 인생을 위해서라면 그런 도박은 충분히 해 볼 만한 가치가 있는 것이라고요.

인생은 사랑이고, 사랑이 곧 인생이며, 나를 사랑하지 못하는 한 사람의 인생은 진정한 인생이라고 부를 수 없다고 말하는 이 영화 〈아이 엠 러브〉. 모든 걸 가졌던 엠마가 왜 이런 선택을 할 수밖에 없었는지 영화를 보며 직접 느끼시길 바랄게요.

내 인생은 언제부턴가 줄곧 눈보라치는 겨울이었다.
너를 통해 '나의 잃어버린 여름'을 다시 만나기 전까지는

실수를
반복하기에
우리는
다시
영화를 본다

인생을 리셋하고 싶은 당신이 꼭 봐야 하는,
영화 <타인의 삶>

< 타인의 삶 The Lives Of Others, 2006 >

드라마 / 독일 / 137분

개봉: 2006. 03. 23.

감독: 플로리안 헨켈 폰 도너스마르크

주연: 울리히 뮤흐, 마르티나 게덱, 세바스티안 코치, 울리히 터커

제79회 미국 아카데미 시상식(외국어영화상 수상)

제25회 벤쿠버국제영화제(국제영화인기상 수상)

제50회 런던 국제 영화제(TCM 프라이즈 수상)

제72회 뉴욕 비평가 협회상(외국영화상 수상)

제61회 영국 아카데미 시상식(외국어영화상 수상)

우리는 살아가며 셀 수 없을 정도의 실수를 저지르고는 합니다. 그러나 여러 실수 중 유달리 잊혀지지 않고 자주 떠오르는 것들이 있을 거예요. 가끔은 너무 또렷하여 괴롭기도 할 것이고요. 이는 연애를 하는 도중 겪었던 일일 수도, 친구에게 조언을 하는 도중 겪었던 일일 수도, 혹은 부모님과 대화를 하는 도중 겪었던 일일 수도 있겠죠. 그런데 혹시 그 실수가 뒤늦은 깨달음에서 기인한 것은 아닌가요? 그때는 나의 행동과 말이 옳다고 생각했는데 시간이 흐르고 나니 사실 진짜 잘못은 상대방이 아닌 나에게 있었다는 걸 알게 되면서요. 혹은 나의 부끄러움을 외면하기 위해 상대의 탓을 한 것만 같아 죄책감이 들어서요.

그럴수록 지금까지 살아온 인생을 깨끗하게 지워 버리고 다시 살고 싶은 욕구가 샘솟으며 진흙탕 같은 과거가 맑게 개길 바라기도 합니다. 하지만 삶은 컴퓨터와 같이 손쉽게 포맷시킬 수 있는 게 아니죠. 우리가 저지른 실수로 인해 누군가는 지금까지도 고통받고 있을 수 있기 때문입니다. 이런 면에서 본다면 애초에 실수를 만회하는 건 불가능한 것처럼 보입니다. 상대방이 나를 용서하지 않는다면 우리의 실수는 영원히 사라지지 않을 테니까요. 그렇다면 우리는 언제까지고 이 기억의 미로에서 방황해야만 하는 것일까요? 미로를 탈출하지는 못하더라도 우리 앞에 자욱이 낀 안개를 걷어낼 방법은 없는 것일까요? 인생을 리셋하고 싶은 순간을 위해 준비한 작품, 플로리안 헨켈 폰 도너스마르크 감독의 장편 데뷔작, 영화 〈타인의 삶〉입니다.

〈타인의 삶〉은 냉정하게 얼어붙은 폭력적인 사회에서 무엇이 옳고 그른 것인지 제대로 알지 못해 잊을 수 없는 실수를 저질렀던 한 남자의 이야기를 담고 있습니다. 이러한 인물을 주인공으로 내세워 감독이 관객에게 전하고 싶던 말은 무엇이었을까요? 1980년대, 공산주의를 국가 이념으로 둔 동독을 배경으로, 국민의 일거수일투족을 감시하기 위해 도청을 시행하는 비밀경찰 '슈타지'를 보여 주며 그 비밀스러운 이야기는 시작됩니다.

유달리 냉정한 성격을 갖고 있던 주인공 '비즐러'는 동료 경찰들 사이에서도 취조 솜씨가 좋기로 정평이 나 있는 인물입니다. 그는 비밀경찰 양성에 열과 성을 올리기도 하죠. 조금이라도 반동독적인 행동을 취하려는 사람을 구별하는 법, 취조 중 거짓말을 구별해 내는 법, 체포한 이들이 입을 열지 않을 시 강압적으로 자백을 끌어내는 법 등을 학생들에게 가르치기도 하거든요.

그러던 어느 날, 비즐러의 대학 동기이자 권력욕이 가득한 상관, '그루비츠'가 비즐러의 강의실에 찾아오고 두 사람은 함께 연극을 보러 갑니다. 이때, 비즐러는 무대 위에서 열연을 펼치고 있는 배우 '크리스타'에 모든 감각을 집중하기 시작합니다. 비밀경찰인 그가 본능적으로 무언가를 느낀 것이죠. 이어서 그루비츠에게 이 연극을 집필한 '드라이만'이 크리스타의 연인이라는 소리를 듣고 비즐러는 두 연인을 감시해야 할 것 같다고 말합니다. 그에게 유난이라고 답한 그루비츠. 그러나 비즐러의 촉은 빗나간 적이 없다는 것을 알고 있기에 얍삽한 그루비츠는 연극이 끝나자마자 곧장 앞 좌석에서 연극을 보고 있던 자신의 상관, '햄프' 장관에게 달려갑니다. 비즐러가 발견한 의심을 자신의 성과로 만들기 위함이었죠. 햄프 장관은 이를 듣고는 호탕하게 웃으며 크리스타-드라이만 커플의 감시를 지시합니다. 그렇게 비밀 작전, 일명 '라즐로 작전'을 개시하죠.

연극이 끝난 뒤 열린 애프터 파티. 햄프 장관이 축하 연설을 시작하자 크리스타와 드라이만은 팔짱을 꼭 낀 채 자신들에게만 들리게끔 조용히 햄프 장관의 이중성을 비난하기 시작합니다. 동독의 체제에 불만이 가득한 두 사람이었습니다. 비즐러의 촉이 들어맞는 순간이죠. 이를 본 비즐러는 감시팀을 데리고 곧장 크리스타와 드라이만의 집으로 향합니다. 그들의 집에 도청 장치를 숨기기 위해서요. 이때 비밀경찰들을 본 드라이만의 이웃. 매사에 빈틈이 없는 비즐러는 이웃의 가족 관계를 이미 모두 파악하고 있었고, 만약 오늘 본 광경을 크리스타와 드라이만에게 발설한다면 가족의 앞길을 망가뜨려 버리겠다 협박하죠.

이후 드라이만의 24시간을 감시하던 비즐러는 크리스타와 햄프 장관이 사실 내연 관계에 있었다는 사실을 알게 됩니다. 그는 이 충격적인 사실을 보고서에 적습니다. 그러나 이를 보고받은 그루비츠는 오히려 비즐러를 질책합니다. 자신의 상관인 햄프 장관의 비위를 거스르고 싶지 않다는 것이었죠. 국가를 위해 일하는 자신과 달리 출세를 위해 권력의 개가 되어버린 그루비츠를 보자 묘하게 표정이 바뀌는 비즐러. 그는 그루비츠와 대화를 끝내고 다시 드라이만의 집으로 향합니다. 그에게 크리스타의 배신을 알리기 위해 그녀가 햄프 장관의 차를 타고 귀가하길 기다리죠. 마침내 크리스타가 집 앞에 도착하자 일부러 집 초인종을 누르는 비즐러. 드라이만은 크리스타의 불륜 현장을 목격합니다. 하지만 그는 자신의 연인을 추궁하지 않습니다. 오히려 어쩔 수 없이 권력에 무릎을 꿇게 되어 조용히 혼자 침대에 누워 눈물짓는 크리스타를 뒤에서 따뜻하게 안아주죠. 그런데 비즐러가 조금 이상합니다. 감청을 하다 침대에 누워 서로를 위로하는 두 연인의 모습을 상상하고는 이내 자기 자신을 껴안는 자세를 취하기 때문입니다.

다음 날, 드라이만과 크리스타가 외출을 나가자 몰래 그들의 집으로 들어가 한 권의 시집을 훔치는 비즐러. 타인에 불과했던 드라이만과 크리스타의 삶이 이제 비즐러의 삶이 되어 버렸습니다. 그러던 어느 날, 드라이만은 정부에 대항하는 글을 썼다며 블랙리스트에 오른 자신의 스승이 처지를 비관해 스스로 목숨을 끊었다는 소식을 듣게 됩니다. 이 때문에 드라이만은 더 이상 동독의 현실을 방관할 수 없다며 연인 크리스타에게도 비밀로 한 채 자신과 같은 사상을 가진 친구들에게 도움을 요청해 동독의 잔혹한 국가 체제를 강력하게 비난하는 글을 집필하기 시작합니다. 비즐러는 이 또한 모두 듣고 있었죠. 그러나 피도 눈물도 없던 과거의 비즐러는 사라진 지 오래였기에 상부에 올릴 보고서에는 드라이만이 동독을 비판하지 않는 글만 집필하고 있다며 거짓 작성을 하기 시작합니다.

얼마 후, 드라이만이 완성된 원고를 서독의 슈피겔로 보내면서 세상이 발칵 뒤집히고 맙니다. 이 소식을 접한 동독 정부 또한 난리가 나죠. 그러나 불행히도 비즐러의 상관들은 이번 사건의 주동자가 드라이만이라는 것을 눈치챕니다. 심지어 크리스타까지 햄프 장관에게 더 이상 불륜 관계를 지속할 수 없다며 이별을 고하자 드라이만과 크리스타는 숙청의 대상이 되고 맙니다. 이때, 비즐러가 무엇인가를 숨기고 있음을 느낀 그루비츠는 비즐러를 본부에 부릅니다. 그리고는 크리스타의 취조를 진행하라 지시하죠. 이를 거부할 수 없던 비즐러는 결국 그녀와 마주합니다. 비즐러는 무너지는 마음을 붙잡고 크리스타에게 '연인 드라이만의 비밀을 넘기고 배신해라. 그를 망가뜨리지 않으면 당신이 무너질 테니'라고 말합니다. 크리스타는 눈물을 흘리며 비즐러를 바라볼 뿐이죠.

과연 그녀는 어떤 선택을 하게 될까요? 감시만 해야 하는 자신의 본분을 잊어버리고 연인의 삶에 개입해버린 그는 동료 비밀경찰들에게 이 사실을 들키지 않을 수 있을까요? 대체 드라이만과 크리스타의 무엇이 비즐러를 이토록 변화시킨 걸까요?

·÷·

이 영화는 개봉하자마자 전 세계에 큰 충격과 감동을 안겨주었습니다. 미국 아카데미 시상식을 포함해 영국 아카데미, 런던 비평가 협회 및 유럽 각국의 영화제에서 그해 외국어 영화상이란 영화상은 모두 받았죠. 하지만 정말 놀라운 점은 이 영화가 감독 플로리안 헨켈 폰 도너스마르크의 장편 영화 데뷔작이라는 것입니다. 실로 엄청난 재능을 가진 감독이 아닐 수 없죠.

사실 영화 〈타인의 삶〉을 이야기할 때 빼놓을 수 없는 인물은 단연코 가장 빛나는 연기를 펼친 주인공 비즐러 역의 울리히 뮈에일 거예요. 영화 초반, 그리고 중후반 카메라 렌즈에 잡히는 울리히 뮈에의 눈빛은 마치 두 사람이 한 인물을 연기하는 것처럼 보일 정도이니까요. 그는 이 작품이 개봉하던 해에 독일 영화상뿐만 아니라 유럽 각국의 영화제에서도 남우 주연상을 휩쓸 정도로 엄청난 센세이션을 불러일으켰지만 불행히도 다음 해인 2007년,

암으로 사망했습니다. 너무나 슬프게도 울리히 뮈에를 가장 유명하게 만들어 준 영화 〈타인의 삶〉이 그의 유작이 된 셈이죠.

이 영화가 동독과 서독이라는 세상에서 가장 유명했던 분단 국가의 모습을 담고 있기는 하지만 영화 스토리 자체도 정치가 아닌 인간의 내면에 대해 이야기하고 있기 때문에 저 또한 영화의 흐름대로 인간에 대해 이야기해 보도록 하겠습니다.

주인공 비즐러의 직업은 독일어로 '슈타지'라고 하는 비밀경찰입니다. 이 슈타지란 미국의 CIA, 소련의 KGB, 이스라엘의 모사드, 대한민국의 국정원 같은 동독의 정보기관이죠. 슈타지가 하던 주요 업무 중 하나가 바로 영화에도 나온 국민 감시였는데, 마치 조지 오웰의 소설 『1984』가 현실화된 모습과 비슷했죠. 아내가 남편을 감시하고, 남편이 아내를 감시하고, 이웃이 이웃을 감시하고, 친구가 친구를 감시하던, 영화보다 더 영화 같은 일이 벌어지던 시대였습니다. 슈타지는 베를린 장벽 붕괴 이후 힘을 잃고 해체되었지만 10만 명의 감청 요원과 20만 명의 스파이가 독재 정권을 위해 활동했던 사실이 밝혀져 큰 논란이 되기도 했습니다. 하지만 독일은 이 슈타지의 역사를 지우지 않았습니다. 비밀 문건 폐기를 막았으며 '유럽 기억 및 양심 플랫폼 (Platform of European Memory and Conscience)'에 참여하여 누구든지 이 국가 보안부 관련 문건 열람을 할 수 있도록 허가하기도 했죠.

아마 이런 생각이 드셨을 거예요. 비밀경찰을 육성하고 그 지독한 슈타지 사이에서도 인정받던 비즐러가 어째서 하루아침에 이렇게 바뀌어 버릴 수가 있느냐고요. 영화 속에서 이 부분이 자세히 묘사되어 있지는 않지만 우리는 그 이유를 상상해 볼 수 있어요. 비즐러는 인간의 감정을 그 누구보다 섬세하게 분석하던 인물입니다. 그렇기에 다른 사람들은 쉽게 지나쳐 버릴 수 있는 드라이만-크리스타 커플의 특별함을 발견할 수 있지 않았을까 생각이 듭니다. 자신이 옳다고 생각했던 믿음의 주체인 동독의 사상은 코에 걸면 코걸이, 귀에 걸면 귀걸이가 될 수 있는 가변적인 것이었지만 그 누구보다 가까이서 바라본 이 커플의 예술혼, 사랑과 믿음 같은 것들은 너무나 견고한 것임을 확인할 수 있었으니까요. 어쩌면 누군가의 삶을 이분법적으로만 평가하고는 했던 자신의 삶에 의문을 품었을지도 모르고요. 그 결과 비즐러는 드라이만이 스승의 사망 소식을 듣고 눈물 흘리며 친 소나타 연주를 듣고 똑같이 눈물을 흘리고, 드라이만이 좋아하는 시집을 몰래 훔쳐 읽으며 설레는 마음을 감추지 못합니다. 이 두 장면을 통해 우리는 비즐러가 드라이만을 통해 예술을, 더 나아가 삶을 배워 나가는 과정을 목격하죠.

극 초반 비즐러는 예술과는 거리가 먼 인물이었습니다. 굳이 따지자면 그는 동독이라는 사회주의를 주제로 한 무대에서 '비밀 경찰 1'이라는 조연에 불과했습니다. 하지만 드라이만과 크리스타를 감시하며 그 또한 드라이만처럼 자신만의 연극을 집필하기 시작했죠. 드라이만의 아파트를 주된 배경으로, 드라이만과 크리스타, 그리고 동료 경찰들을 주·조연으로 내세워 자신만의 시나리오를 완성해 갔습니다. 영화는 점점 삶을 그리는 예술가로서의 비즐러를 비추었죠. 그 예로, 만약 연출자 비즐러가 허락하지 않았다면 드라이만은 슈피겔에 글을 쓰지도 못했을 것이고 크리스타는 헴프 장관과의 관계도 끊지 못했을 거예요. 이 모든 일은 비즐러가 보고서(시나리오)를 조작했기에 가능한 일이었습니다.

이 작품의 또 다른 주인공, 드라이만에 대해 얘기해 보죠. 그는 스승이 블랙리스트에 올라 더 이상 예술을 할 수 없는 자신의 처지를 비관해 스스로 목숨을 끊자 분노에 휩싸이는 모습을 보입니다. 스승의 죽음을 통해 자신의 미래를 보았기 때문이죠. 그저 목숨을 부지하기 위해 지금과 같이 안전하게만 살아간다면 언젠가 그 또한 블랙리스트에 올라 예술을 하지 못할 것이 분명했기 때문입니다. 즉, 드라이만이 서독의 슈피겔에 글을 기고하지 않았다면 머지않아 그 또한 스스로 생명을 놓았을 인물이라고 우리는 짐작해 볼 수 있어요. 예술가가 이상과 투지를 잃어버렸다는 것은 죽을 날을 며칠 앞둔 사형수가 되어 버린 것과 같으니까요. 하지만 앞서 말한 비즐러의 예술 작품인 '감시 보고서'는 드라이만을 다시 살 수 있게 만들어 주었습니다. 그저 '타인의 삶'이라고 생각했던 드라이만과 크리스타의 삶이 비즐러의 인생을 바꾸어 놓았듯, 알지도 못하는 '타인의 삶'이라고 생각했던 비즐러의 행동과 삶이 역으로 드라이만의 인생을 변화시킨 것입니다.

영화 초반 '악의 평범성'의 대표적인 특징을 전부 갖고 있던 비즐러의 모습과 후반부의 비즐러의 모습을 비교해 본다면 같은 사람이라고는 생각이 들지 않을 정도입니다. 그래서 전 이 영화를 볼 때마다 사람이 사람답게 살기 위해 필요한 것은 무엇인지 생각해 보고는 합니다. 그리고 이 영화를 보는 순간만큼은 그것을 '동정', '이해', '공감'이라고 느끼죠. 그 누구와도 공감하지 못하던 극 초반 비즐러의 모습, 이중적인 헴프 장관의 모습, 권력에 놀아나는 그루비츠의 모습을 본다면 사실 그들이 인간답다는 생각이 들지는 않거든요. 이는 아마 타인에게 공감하지 못하는 그들의 태도 때문이었겠죠. 하지만 영화 중후반의 비즐러는 달랐습니다. 그 어떤 인물보다 사람다운 사람이었죠.

우리는 우리의 눈으로 세상을 직접 보기 전까지는 세상이 어떤 곳인지 절대 알 수 없습니다. 그러나 누군가가 억지로 우리의 눈을 가려버리고 입을 틀어막아 버린다면 우리는 스스로 세상을 배워 나갈 기회조차 얻지 못할 겁니다. 이렇게 결박된 상태로 세상에 대한 거짓된 속삭임까지 듣는다면 아주 한정적이며 편파적인 정보로 세상을 판단하게 될 것이고요. 이후 시간이 지나 자유롭게 풀려난다고 해도 우리의 뜻대로 세상을 보지 못할 것이 분명하죠. 우리가 알고 있는 지식은 누군가에 의해 심어진 것이니까요. 심지어 그 뒤, 길을 지나다 다른 가치관을 가진 누군가를 본다면 그들을 공격할 가능성도 있을 거예요. 영화 속 비즐러가 동독 사상에 취해 수많은 결백한 사람을 범죄자로 몰아 취조하고 감시했듯이요. 그리고는 세상의 질서를 바로잡는 중요한 직책을 맡은 양 제대로 된 세상이 무엇인지 일깨워 주겠다며 과거의 우리처럼 족쇄를 채우기도 할 것이고요.

무지는 죄가 아니지만 이로 인해 생긴 죄의 면죄부 또한 될 수 없습니다. 무지로 벌어진 실수가 누군가에게 평생의 상처가 되었다면 우리는 쉬이 사건 현장을 떠날 수 없는 가해자가 된 것이니까요. 그렇지만 이 영화 〈타인의 삶〉은 말하고 있습니다. 인생에 리셋은 없어도, '한 번 더'라는 기회는 있으니 무지를 깨달았다면 과거의 실수를 제대로 직시하고, 참회하고, 다시 반복하지 않도록 스스로를 변화시키라고요. 잘못된 곳으로 걸어가고 있던 우리를 깨우는 것은 어떤 거창한 것이 아니니 늘 주위의 모든 것에 집중하기도 해 보라고요.

예술가가 된다는 것은 너무나 어려운 일이며 소수의 선택받은 자만이 할 수 있다고 생각하지만 이 영화 〈타인의 삶〉을 보면 꼭 그렇지도 않다는 것을 알 수 있습니다. 아름다운 것을 보고 그것을 자신만의 방식으로 풀어내면서 동시에 다른 누군가에게 그 아름다움을 공유할 수 있다면 그것이 바로 예술이라고 영화는 말하기 때문이죠. 아무것도 아닌 것처럼 보이는 한 권의 소설과 시집, 한 곡의 노래, 한 편의 영화가 모든 걸 바꾸어 버리는 힘이 있다 말하는데 우리는 어떻게 이 영화를 명작이라 부르지 않을 수 있을까요?

두 사람의 삶을 훔쳐보며 나는 사람으로 사는 법을 배웠다

모두가 미워하는 집안의 사고뭉치인 나,
영화 <레이첼, 결혼하다>

< 레이첼, 결혼하다 Rachel Getting Married, 2008 >

멜로, 로맨스 / 미국 / 113분

개봉: 2008. 10. 03.

감독: 조나단 드미

주연: 앤 해서웨이, 로즈마리 드윗, 빌 어윈, 턴디 에드빔피, 마더 지켈

제73회 뉴욕 비평가 협회상(각본상 수상)
제14회 크리틱스 초이스 시상식(여우 주연상 수상)
제21회 시카고 비평가 협회상(여우 주연상 수상)

최근 관심 있게 읽은 한 권의 책이 있습니다. 『몸은 기억한다』
라는 제목의 이 책은 Post-Traumatic Stress Disorder, 일명 외
상 후 스트레스 장애라고 불리는 PTSD를 주된 내용으로 삼고
있죠. 외상 후 스트레스 장애라는 정신 질환은 환자가 이전에 겪
은 트라우마와 비슷한 상황에 처했을 때 모르핀 유사 물질을 분
비해 그들이 불안감 속에서 안도감을 느낄 수 있게끔 하여 환자
가 스스로를 보호한다고 알려져 있습니다. 그렇기 때문에 PTSD
를 앓고 있는 이들은 특정한 과거에 얽매여 현재를 살아가지 못
하죠. 그들에게 과거는 현재이고 현재는 과거인 셈입니다. 이외에
도 트라우마는 일반 기억과 달리 시간이 지나도 잊혀지지 않기
때문에 환자들에게 아주 작은 촉매제가 되는 사건이 주위에서
일어나기만 한다면 즉각적으로 스트레스 호르몬을 분비해 충동
적이고 공격적인 행동을 이끌어 낸다고도 알려져 있습니다.

책에서는 트라우마와 관련해 흥미로운 실험을 진행했습니다. 과거 정신적 외상을 경험한 이들을 실험의 참가자로 초대해 그들이 겪었던 특정한 경험과 관련된 생각을 떠올리게끔 만들었고 그 과정을 MRI로 촬영했죠. 연구 결과를 접한 이들은 깜짝 놀랄 수밖에 없었습니다. 우리의 생각과 기분을 말로 표현할 수 있게 해주는 일명 '브로카 영역'이라고 불리는 두뇌 좌반구 하측 전두엽 일부가 활성화되지 않는 모습을 보였거든요. 이것은 뇌졸중 환자에게 나타나는 현상이었기에 PTSD는 신체적인 질병과 크게 다르지 않다는 것을 의미하기도 했습니다. 지금은 이 PTSD를 뇌의 이상과 호르몬의 불균형으로 생긴 하나의 질병으로 인식하고 있지만 과학의 발전이 있기 전, 이 환자들은 그저 악마와 마녀에게 농락당한 사람, 혹은 중대한 죄를 저질러 저주받은 사람 정도로 여겨졌습니다. 병을 병으로 인식하지 못했기 때문에 그 누구도 환자들을 이해하려는 노력조차 하지 않은 채 고통 속에 몸부림치는 이들을 불구덩이 속으로 더 깊게 밀쳤던 것이죠.

우리는 많은 고민을 안고 살아갑니다. 그러나 고민이 실수가 되는 일은 빈번히 일어나고, 때때로 실수가 트라우마로 변해 버리기도 하죠. 트라우마는 의지만으로 이겨낼 수 없는 병이기에 주위에 도움을 요청해야 하지만 약한 모습을 보이고 싶지 않아 홀로 견뎌내야 한다는 착각에 빠지기 쉽습니다. 하지만 시간이 지나면 우리의 선택이 잘못되었음을 깨닫고 트라우마가 가져다 준 괴로운 감정을 주위 사람에게 터놓고 싶다는 생각을 하게 되죠. 비록 내 잘못으로 인해 벌어진 실수였다고 해도 주위의 친구들은 분명 우리를 이해해 줄 것이라 믿으면서요. 하지만 예상치 못한 일이 벌어지기도 합니다. 그들은 우리를 따뜻하게 안아 주기도 하지만 때로는 문제를 해결할 수 있는 해답을 찾는 것이 먼저라며 이성을 찾으라고 이야기하기 때문입니다. 이 과정에서 우리는 다시 절망할 수밖에 없습니다. 그들로부터 듣고 싶었던 것은 트라우마를 해결할 수 있는 방법이 아닌 무조건적인 지지와 이해로 가득한 말 한마디였으니까요. 그러나 타인의 이해만이 우리를 트라우마로부터 해방시켜 줄 수 있을까요?

이번 영화의 주인공은 십 대 시절 잊지 못할 트라우마를 갖게 된 한 여자의 이야기입니다. 자기 자신을 용서하지 못해 스스로를 괴롭히고 학대하는 그녀는 집안의 사고뭉치이자 아픈 손가락이죠. 하지만 이와 동시에 자신의 트라우마를 이겨 내려는 모습을 보이기도 합니다. 영화 〈양들의 침묵〉을 연출한 감독으로 유명한 조나단 드미의 2008년작, 영화 〈레이첼, 결혼하다〉는 이렇게 시작합니다.

마약 중독 재활원에서 잠시 외출을 하게 된 주인공 '킴'. 자신의 담당 상담사와 가벼운 작별 인사를 나눕니다. 며칠 뒤 집에서 열리는 언니 '레이첼'의 결혼식에 참석하기 위해 잠시 재활원을 떠나야 했기 때문이었죠. 평소 둘째 딸 킴을 유난히도 아끼는 아버지는 새어머니와 함께 킴을 데리러 왔습니다.

9개월 만에 집으로 온 킴은 언니의 결혼 준비로 시끌벅적한 집안이 어색하기만 합니다. 집에 도착하자마자 언니 레이첼의 방으로 향하는 킴. 언니는 드레스 가봉에 정신이 없었지만 오랜만에 보는 동생이 반가워 서둘러 포옹을 나누죠. 그리고 킴은 조심스레 다른 방으로 향합니다. 그녀의 방이라고 하기엔 벽 전체에 어린아이의 것으로 보이는 그림들이 잔뜩 걸려 있죠. 그녀는 이 조용한 방 안에 잠시 머뭅니다. 가족들과 반가운 인사를 나눈 것도 잠시, 킴은 여전히 중독 관리가 필요한 상황이었기에 집에 오자마자 마약 중독자 모임에 나가야만 했습니다. 데려다주겠다는 아버지의 말에 혼자 다녀오고 싶다 말하죠.

모임에 지각한 킴은 서둘러 자리에 앉습니다. 하지만 집안의 사고뭉치인 킴은 예상과 달리 이 중독자 모임에서만큼은 집중하는 모습을 보입니다. 자기 자신이 중독자라는 사실을 받아들이면 많은 문제가 해결될 수 있다는 한 발표자의 말에 귀를 기울이며 마지막까지 성심성의를 다하죠. 킴은 자신이 변화할 수 있길, 지금보다 더 좋은 사람이 될 수 있길 기도하는 듯합니다.

이후 모임이 끝난 뒤 집으로 돌아온 딸을 발견한 킴의 아버지는 그녀에게 집에 무사히 돌아와 주어 고맙다고 말합니다. 그러나 킴은 이런 아버지의 관심이 너무나 지나치다고 느끼죠. 지금 막 집에 도착한 예비 형부와 인사를 나누며 대화하던 때에 2층 발코니에서 조금 전 중독자 모임에서 함께 한 남자를 보게 된 킴. 자신과 같은 중독자가 형부의 절친이자 결혼식의 들러리라는 말을 듣고 킴은 웃습니다. 그녀는 이 '키에런'이라는 남자와 인사를 나눕니다. 동시에 묘한 눈빛을 나누기도 하죠.

이후 두 사람은 둘만의 비밀스러운 시간을 갖습니다. 킴은 자신이 신부 들러리인데 신랑 들러리와 우스꽝스러운 관계가 되었다며 장난을 칩니다. 이때 키에런이 킴에게 예상치 못한 말을 꺼냅니다. 언니 레이첼의 들러리는 여동생 킴이 아닌 레이첼의 친구 '엠마'라는 것이죠. 이 말을 듣자 킴은 곧바로 언니에게 달려갑니다. 친동생인 자신이 버젓이 재활원에서 돌아와 결혼식에 참석하는데도 불구하고 생판 남인 엠마를 들러리로 써야겠냐며 큰 소리를 내죠. 일을 키우고 싶지 않던 레이첼은 친구에게 양해를 구한 뒤 동생 킴에게 신부 들러리 자리를 내줍니다.

영화는 그날 오후, 가까운 지인들이 모여 저녁 식사를 하는 테이블을 비춥니다. 이때, 사람들은 돌아가며 언니 레이첼과 형부 시드니에게 과거 함께 했던 추억들을 읊조리며 두 부부의 앞날을 축하해 주고 있었습니다. 그런데 킴은 가족들과 멀찌감치 떨어진 자리에 좌석이 배정된 듯합니다. 그녀가 어디로 튈지 모르는 사고뭉치였기 때문이었을까요? 자신에게는 축사 기회가 돌아오지 않자 테이블 앞에 놓여 있던 마이크를 잽싸게 낚아채 축사를 시작하는 킴. 하지만 킴은 축사와는 관련 없는 마약에 관한 이야기를 꺼내고는 과거를 반성해야 한다며 식사 자리를 싸하게 만듭니다. 이도 모자라 언니는 어려서부터 천사였고 자신은 악마였다는 발언까지 서슴지 않죠.

저녁 식사 자리가 끝나고 언니 레이첼은 가족들만 모인 자리에서 킴이 전한 이야기들에 일침을 놓기 시작합니다. 자신을 축하해 주기 위한 결혼식 축사가 목적이었다면 중독과 관련된 이야기는 꺼내선 안 됐을 것이라고요. 그러자 아버지는 킴의 편을 들어 주기 시작합니다. 언니가 결혼을 앞두고 긴장하고 예민해진 것이라면서요. 레이첼은 늘 킴밖에 모르는 아버지가 못마땅합니다.

언니의 표정을 본 킴은 폭주합니다. 예전처럼 다시 약이나 해야 겠다며 매일같이 자신을 감시하는 가족들이 지겹다 말하죠. 심리학 박사인 레이첼은 이런 킴의 행동을 보고 동생이 경계 장애인 것 같다는 말까지 해 버리자 불화는 더욱 깊어집니다. 하지만 레이첼이 갑작스레 임신 사실을 밝히며 막말이 오갔던 싸움판이 화기애애한 분위기를 띠게 됩니다. 싸움을 지켜보던 가족들이 싸움을 끝내려 자매를 떨어뜨리고는 레이첼에게 진심 어린 축하를 보냈기 때문이죠. 그러나 킴은 레이첼에게 임신했다고 호들갑 떨지 말라며 조금 전 하던 이야기는 마저 끝내자고 말합니다. 이 말을 들은 가족들은 할 말을 잃은 채 킴을 바라볼 뿐이죠. 킴도 자신이 실수했단 걸 눈치챘는지 거실을 떠납니다.

다음 날, 킴은 또다시 중독자 모임에 갑니다. 오늘은 지난번과 달리 직접 이야기를 나누려는 시도를 합니다. 킴은 조심스레 마음속에 꽁꽁 숨겨 두었던 과거 이야기를 꺼내기 시작합니다.

과거, 어느 때와 같이 마약에 찌들어 있었던 16살의 킴. 가족들이 그녀에게 막냇동생 이든을 맡기고 외출을 나갔던 날, 그녀는 동생과 차를 몰고 호숫가에 있습니다. 그러니 재미있게 놀고 집으로 돌아오던 중 일이 터지고 말았죠. 킴이 약 기운 때문에 운전 도중 운전대를 놓쳐 버려 타고 있던 차가 다리 밑으로 추락한 것이었습니다. 자신은 수영을 할 수 있었기에 강에서 빠져 나왔지만 동생은 그대로 익사했습니다. 킴이 지금과 같이 망가진 이유는 과거 막냇동생 이든을 구하지 못한 자신을 도저히 용서할 수 없었기 때문이었습니다. 그녀는 눈물을 흘리며 말합니다. 이제는 약에서 벗어나 자신의 의지대로 살고 싶다고요. 삶으로써 자신이 저지른 죄에 대한 용서를 구하고 싶다고요.

킴이 눈물을 흘리며 자신의 과거를 털어놓던 이 시각, 킴이 없는 가족들은 너무나 화기애애합니다. 그러나 킴이 모임에서 돌아오자마자 집안은 또 다시 소란스러워 집니다. 결혼식 좌석 배치 때문에 레이첼-킴 자매가 말싸움을 시작했기 때문이었습니다. 이번엔 분명한 킴의 잘못이었음에도 아버지가 이번에도 킴을 두둔하자 레이첼은 크게 분노하죠. 하지만 형부 시드니가 등장하며 두 사람을 중재하고는 그릇 정리 게임을 제안합니다. 이에 모두가 행복해하죠. 그러나 게임 도중 막내 이든의 파란 접시가 나오자 항상 미소를 띠거나 웃고 있던 아버지가 눈물을 흘리며 황급히 부엌을 떠납니다. 이런 아버지의 뒷모습을 보는 킴은 절망합니다. 오랜 시간이 지났지만 아버지 또한 단 한 순간도 막내 이든을 잊어 본 적이 없는 듯하죠. 돌이킬 수 없는 실수로 사랑하는 사람의 생명을 앗게 된 킴에게 정말 필요한 것은 무엇일까요?

레이첼은 동생 킴과 더 이상 부딪히지 않고 무사히 결혼을 끝낼 수 있을까요? 영화 〈레이첼, 결혼하다〉였습니다.

－¦－

이 영화를 연출한 조나단 드미는 스릴러, 범죄, 그리고 코미디 장르의 대가로 알려져 있습니다. 〈양들의 침묵〉과 〈어댑테이션〉의 감독으로 유명한 그였기에 저는 이번 영화 〈레이첼, 결혼하다〉를 처음 보았을 때에는 이 영화가 정말 그의 작품이 맞는지 의구심이 들기도 했죠. 하지만 자칫 심심하거나 지나치게 잔잔해지기 쉬운 이야기들을 재치 있게 풀어낸 것을 보자 역시 조나단 드미 감독의 작품이 맞다는 생각이 들었습니다. 동시에 너무나 좋은 영화라고 느꼈어요. 이는 트라우마로 인생이 망가져 버린 둘째 딸 킴 역할을 맡은 앤 헤서웨이의 열연으로 가능해진 것이기도 합니다. 한순간의 실수로 사랑하는 막내 동생의 목숨을 앗아 버린 죄인을 열연한 그녀는 정말 킴 그 자체였고, 이후 〈레이첼, 결혼하다〉가 개봉하던 해에 아카데미 여우 주연상 후보에 오를 정도였기 때문이죠. 아쉽게도 수상의 영광은 〈더 리더 - 책 읽어주는 남자〉의 주인공 케이트 윈슬렛의 몫이었지만요.

이 작품은 '핸드헬드 기법'으로 연출된 작품입니다. 카메라를 카메라 감독의 손이나 어깨 위에 걸쳐 놓고 촬영하는 방식이기 때문에 조금은 산만하고 어지럽다고 느낄 수도 있지만 어마어마한 현장감을 관객들에게 전달하므로 〈레이첼, 결혼하다〉와 같이 인물의 복잡한 심리 상태와 인간관계를 묘사한 작품에 특화된 촬영 기법이기도 하죠. 조금씩 떨리는 카메라 렌즈는 어지러운 킴의 마음, 설레이면서도 불안한 레이첼의 기분, 그리고 모든 것을 포용하려는 아버지의 태도를 보여 주기에 안성맞춤이기도 했고요. 이 때문에 영화 촬영장 밖에 있는 관객인 우리조차 마치 킴과 레이첼의 집 안에 있는 듯한 느낌을 받게 됩니다. 심지어는 레이첼의 결혼에 참석하기로 약속한 지인 1, 2가 되어 버린 것 같기도 하죠.

앞서 영화의 스토리를 읽으며 대체 킴이 왜 저렇게 막무가내로 행동하고 있는 것인지 이해가 잘 가지 않으셨으리라고 생각해요. 그러나 킴에게는 동생을 죽였다는 죄책감에서 기인한 트라우마가 존재한다는 것을, 그 트라우마로 인한 PTSD환자이자 심각한 중독 증세를 앓고 있는 마약 중독자라는 것을 잊지 않으셔야 할 거예요. 외상 후 스트레스 장애를 앓고 있는 이들의 어디로 튈지 모르는 행동은 과거의 특정한 사건으로부터 자신을 지키려는 무의식적인 방어 기제이기도 하니까요.

킴은 코카서스 산에서 쇠사슬에 묶인 채 매일 자신의 간이 독수리에게 먹혀야만 하는 벌을 받게 된 프로메테우스와 같은 삶을 살고 있었습니다. 티탄족 신인 프로메테우스는 불사의 존재였기에 어제 독수리에게 뜯어 먹힌 간은 그 다음 날 아침이면 새롭게 재생되었죠. 잊으려고 해도 잊혀지지 않고 다음 날 또다시 떠올라 킴을 괴롭히는 트라우마처럼요. 하지만 킴과 프로메테우스 사이에는 큰 차이점이 있습니다. 프로메테우스는 신들의 왕인 제우스가 금한 인류를 사랑한 죄로 형벌을 받고 있는 것이었지만 킴은 자청해 두 팔 벌려 트라우마라는 이름의 독수리가 자신을 뜯어 먹어 주기를 원하는 자기 파괴적인 사람이기 때문이죠. 어린 막내 동생을 죽인 자기 자신을 용서할 수 없어 스스로를 파멸시키려 했던 킴이었지만 그녀는 구원을 바라기도 했습니다. 언젠가는 아버지와 어머니, 그리고 언니에게 용서받을 수 있길 빌었죠. 그러나 자신이 저지른 죄로부터 구원을 받기 위해선 가족들의 슬픔을 먼저 마주해야만 했습니다. 가족들 또한 그녀와 같은 크기의 상처가 있다는 것을 인정하고, 그 상처와 마주보아야 했죠. 불행한 사고를 겪은 사람은 나뿐만이 아니라는 걸요. 하지만 킴은 동생의 사망 이후 매일 밤 싸우다 이혼을 선택한 부모님,

말은 안 해도 눈빛으로 자신을 원망하는 듯한 언니 레이첼의 모습을 보자 가족들에게 자신을 용서해 달라는 말을 꺼내지 못한 채 다시 스스로를 미워할 수밖에 없었습니다. 그렇기에 아버지, 어머니, 그리고 새어머니까지 늘 킴에게 그저 사고였을 뿐이라며 무조건적인 사랑과 지지의 말을 보냈음에도 킴은 또 다시 동생을 죽게 만든 약에 의존했습니다. 가족들의 보살핌과 사랑은 그녀의 트라우마 극복에 어떤 도움도 되지 못했습니다. 자신의 상처도 보듬지 못했던 킴이었기에 타인의 상처는 더더욱 보듬을 자신이 없었던 거죠. 하지만 결코 포기하지는 않았습니다. 9개월 만에 집으로 돌아와 가장 먼저 한 일은 중독자 모임에 참석하는 것이었으니까요. 그리고 그곳에서 가족들에게 다시 한번 구원의 손길을 내밀 용기를 얻고 마침내 깨닫죠. '나의 과거를 인정하는 것이 가장 힘든 일이지만 한 번 인정하고 나면 모든 것은 쉬워진다. 시간은 조금 걸리겠지만'. 트라우마를 이겨 내는 일도, 삶을 살아가는 일도, 자신이 트라우마를 끼친 이에게 용서받는 일도 우선 스스로에게 진실되지 않는다면 불가능하다는 걸 알게 된 킴이었습니다.

킴에겐 지옥과도 같은 일들이 펼쳐졌습니다. 하지만 그녀는 행복한 사람인것만은 분명했습니다. 킴의 곁에는 좋은 사람들이 너무나 많았으니까요. 트라우마를 이겨 내는 데에는 개인의 의지가 가장 중요한 것은 사실이지만 오롯이 개인이 감당할 수 있는 일이 아닐지도 모릅니다. 영화는 극적인 연출을 위해 전문가와의 상담은 트라우마를 겪은 이들에게 크게 도움이 안 되는 듯 묘사했지만 아플 때는 늘 병원에 가야 한다는 사실을 잊지 않으셨으면 좋겠어요. 만약 전문적인 치료를 고민하고 계신다면 이 영화가 생각을 행동으로 옮기게끔 용기를 주길 기도하겠습니다. 만약 마음속 깊숙한 곳에 털어놓지 못한 트라우마가 있으시다면 영화 〈레이첼, 결혼하다〉를 통해 그 응어리진 마음이 조금이라도 풀릴 수 있길, 외면해 왔던 내 안의 또 다른 나를 다정하게 맞아줄 수 있기를 바라 봅니다.

나 스스로 나를 포기하지 않는다면 그 누구도 나를 포기할 수 없다

자신의 선택에 책임을 지고 싶지 않던
여자에게 벌어진 일, 영화 <페인티드 베일>

< 페인티드 베일 The Painted Veil, 2006 >

멜로, 로맨스 / 중국, 미국, 캐나다 / 124분

개봉: 2006. 12. 29.

감독: 존 커랜

주연: 나오미 왓츠, 에드워드 노튼, 리브 슈라이버

제64회 골든 글로브 시상식(음악상 수상)

몇 해 전만 하더라도 매사 타인의 눈치를 보고 살았습니다. 어릴 때에는 마음 가는 대로 곧잘 해내던 일들도 언젠가부터는 남의 눈치를 보며 하기 바빴죠. 특히 인생에 있어 중대한 선택의 기로에 놓여 있을 때는 어김없이 다수의 눈치를 보며 그들이 조언하는 대로 자신이 걸어갈 방향을 선택하고는 했습니다. 이런 성격이 제멋대로 행동하던 어릴 때와 비교하면 어른스러워진 것이 아닐까 하는 느낌이 들면서도 한편 내가 왜 남의 눈치를 보는 성격으로 바뀌었는지 잘 알지 못했습니다. 하지만 시간이 조금 지나 보니 알 수 있었습니다. 나의 행복은 타인의 눈이나 의견에 따라 정해지는 것이 아니라 나라는 사람에 의해 결정되는 것임을 알고 있으면서도 이후에 벌어질 일들에 대한 책임을 회피하고 싶어 그러했다는 것을요. 내가 틀렸다는 것을 인정하기보다는 남들이 틀렸다고 믿어 버리는 것이 훨씬 더 쉬운 방법이라고 생각했던 것이죠. 그러나 언제까지 이런 책임 회피형 인간으로 살아갈 수는 없었습니다. 나라는 사람은 예전과 달리 변한 것이 없음에도 사회는 저를 한 명의 의사결정자로 보기 때문이죠. 그러자 덜컥 겁이 나기 시작했습니다. 지금까지는 쉽게만 보였던 주위의 모든 것이 어렵고 불편하게 느껴졌죠.

책임 회피형 인간에서 벗어나 능동적으로 자신의 일을 결정하는 연습을 하는 것이 처음엔 쉽지 않았습니다. 마음이 불안하기도 했죠. 그러나 이내 어렵지 않아졌습니다. 잘못된 선택으로 곤경에 처했을 때도 '난 사람이기 때문에 내가 내리는 선택들은 절대 완벽할 수 없어'라고 스스로를 토닥이며 괜찮다 말했죠. 책임은 뒤따라왔지만 더 이상 무섭지 않아졌고요.

타인의 눈치를 보며 스스로가 완벽해지기를 바랐던 과거의 저는 또 오늘날 누군가의 모습이기도 할 거예요. 만약 책임감이라는 말에 거부감이 들어 나 아닌 누군가에게 인생을 맡기려고 한다면, 영화 〈페인티드 베일〉을 통해 자신에게 조금 더 관대해지길, '실수하는 나도 사랑할 수 있게 되길 빌겠습니다.

파티에서 한 여인을 보고 첫눈에 반해 버린 남자가 있습니다. 이 남자 '월터'는 여인 '키티'에게 함께 춤출 것을 제안합니다. 다음 날, 키티의 가족들은 어젯밤 키티와 함께 춤을 춘 월터를 궁금해합니다. 월터는 사실 키티의 아버지가 일부러 초대한 남자였기 때문이죠. 가족들은 키티가 서둘러 아무 남자와 결혼하길 바라는 것 같습니다. 그러나 사랑 없는 결혼은 결코 하지 않으리라 다짐했던 키티였기에 자신의 마음에 들지도 않는 월터와 데이트를 할리 만무했죠. 하지만 '언제까지 아버지가 너를 먹여 살려야 하니?'라는 어머니의 말에 집을 뛰쳐나갑니다. 이때 그녀는 자신의 집 문 앞에서 서성이고 있던 월터를 발견합니다. 키티는 어쩔 수 없이 월터와 꽃집으로 동행하게 되죠. 이때 월터는 갑작스럽게 결혼을 제안합니다. 상하이에 거주하며 영국 정부 실험실의 세균학자로 일하고 있던 월터는 며칠 뒤 다시 영국을 떠나 중국으로 돌아가야 했기 때문에 고향에서 좋은 여자를 만나 서둘러 가정을 꾸리고 싶었죠. 키티는 이 청혼을 받아들일 마음이 없었습니다.

그러나 청혼을 거절하고 집으로 돌아온 키티는 우연히 어머니가 친구와 나누는 통화 내용을 엿듣고, 비극은 시작됩니다. 앞으로는 키티가 무슨 짓을 하든 더 이상 상관하지 않을 것이며, 좋은 배필과 결혼하는 것은 이미 글러 먹었다고 말하는 키티의 어머니. 그 말을 듣는 키티의 가슴은 무너집니다. 그리고 어머니를 향한 반발심으로 월터의 청혼을 승낙합니다. 자신이 그토록 경멸했던 사랑 없는 결혼을 하게 된 것이었죠.

이후 영화는 월터와 함께 상하이에 정착한 키티를 비춥니다. 상하이에 온 지 얼마 되지 않았음에도 키티는 벌써 상하이에서의 생활이 지겨운 듯합니다. 월터는 이런 키티의 마음을 알고 있었기에 없는 시간을 쪼개 그녀를 영국인들이 주최한 성대한 사교 파티에 데려가죠. 월터는 아내를 향한 사랑이 지극해 무척 행복해하지만, 이 여유로운 생활은 얼마 가지 못했습니다. 키티가 파티에서 '찰리'라는 남자를 보고 첫눈에 반해 그와 내연 관계로 발전했기 때문입니다. 급기야 월터가 바쁜 업무로 집을 자주 비운다는 점을 이용해 찰리를 집으로 초대하는 엄청난 일을 벌이기도 하죠.

그러던 어느 날, 찰리와 안방에서 사랑을 나누던 중 키티는 누군가가 안방 앞을 서성이는 것을 발견합니다. 혹여 월터가 일찍 퇴근하고 온 것은 아닐까 걱정되어 밖으로 나가 보지만 집에는 키티와 찰리, 그리고 하녀들뿐입니다. 남편이 찾아온 것은 자신의 착각이었다고 생각하며 안심하죠.

그날 오후, 월터가 퇴근하고 집에 돌아옵니다. 하지만 그는 평소와 달라 보입니다. 다짜고짜 중국 변두리 시골에 내려가 전염병 연구를 해야겠다며 내일 떠날 것이니 키티 또한 당장 떠날 채비를 하라는 것이었죠. 언제나 키티의 의견을 우선시하던 월터였는데, 이번엔 아니었습니다. 사랑하는 찰리의 곁을 떠나고 싶지 않았던 그녀는 말도 안 되는 소리라며 자신은 홀로 상하이에 남겠다 말합니다. 그러자 월터는 키티가 떠나지 않는다면 이혼소송을 진행하겠다 선언합니다. 그는 찰리와 키티가 내연 관계에 있다는 사실을 알고 있는 것 같습니다. 당황한 내색을 내비치던 것도 잠시, 자신에겐 사랑하는 남자가 있으니 월터와 이혼을 진행하겠다고 하는 키티. 월터는 키티를 비웃으며 말합니다. 만약 찰리가 지금의 아내와 당장 이혼하고 키티를 선택한다면 자신도 깔끔하게 헤어져 주겠다고, 지금 가서 찰리에게 어떤 선택을 할 것인지 물어보라 하죠.

키티는 당당하게 십을 나서 칠리를 찾아갑니다. 하지만 월터의 말을 그대로 전해 들은 찰리는 키티의 생각과는 다른 말을 내뱉습니다. 자신은 이혼할 수 없다고 말이에요. 월터는 찰리가 어떤 남자인지 이미 다 알고 있었기 때문에 키티에게 일부러 찰리를 찾아가 보라 한 것이었죠. 그녀가 믿고 있는 사랑이 허상이란 것을 알려 주고 싶었으니까요. 절망한 키티는 자신의 짐을 챙겨 월터와 함께 전염병이 유행하는 죽음의 마을 '메이탄푸'로 향합니다.

메이탄푸에 도착한 월터는 전염병 연구에만 매진합니다. 이전처럼 아내 키티를 배려하지도, 다정한 말 한마디 해 주지도 않죠. 더 이상 그는 사랑을 믿지 못하게 되었습니다. 끔찍한 마을에서 매일매일을 보내야 하는 키티는 결국 이곳 생활을 견디지 못하고 또다시 찰리에게 매달립니다. 자신을 메이탄푸에서 꺼내 달라며 아직도 찰리를 사랑하고 있다고 비밀 편지를 쓴 것이었죠.

편지를 부치러 가는 길, 메이탄푸에 거주 중인 다른 정부 관계자를 만나게 된 키티. 키티가 들고 있는 편지 봉투에 쓰인 이름, '찰리 타운센드'를 보자 그는 믿지 못할 이야기를 늘어놓기 시작합니다. 찰리는 아주 예전부터 유부녀들과 바람피우는 것을 즐기고 있으며 찰리의 아내는 남편 내연녀들의 존재를 알고 있음에도 찰리가 자신을 제외한 그 누구와 '사랑'한 적은 없기에 내연녀들을 연적으로도 여기지 않고 있다고요. 키티는 절망합니다. 그리고 깨닫습니다. 자신이 월터의 영혼에 얼마나 큰 상처를 입혔는지요. 엎친 데 덮친 격으로 서양인들에 대한 혐오감마저 짙은 이곳 메이탄푸에서 키티는 잘 적응해 나갈 수 있을까요? 바이러스만이 경계의 대상이 아닌 마을에서 그녀는 월터와 어떻게 살아가게 될까요? 사랑이 무엇인지, 우리 인간이 반복되는 실수를 저지르는 이유가 무엇인지 이야기하고 있는 영화 〈페인티드 베일〉이었습니다.

÷

영화 〈페인티드 베일〉은 『달과 6펜스』, 『인간의 굴레에서』를 쓴 작가 서머셋 몸의 『인생의 베일』을 원작으로 하고 있습니다. 『인생의 베일』은 『안나 카레니나』, 『마담 보바리』, 『주홍 글씨』와 더불어 세계 4대 불륜 소설이라고 장난스레 불리고는 하죠. 흥미로운 점은 〈페인티드 베일〉이라는 제목이 소설 『프랑켄슈타인』을 집필한 메리 셸리의 남편 퍼시 셸리의 소네트(시) 속 한 구절, "우리가 현실이라고 믿는 것은 현실 아래 가려져 있는 진실을 덮는 덮개에 불과하다. 진실은 거짓이라는 물감으로 색칠된 베일(The Painted Veil)에 가려져 있다"라는 내용의 시에서 유래했다는 것인데요. 작품의 스토리와 연결 지어 본다면 이보다 잘 어울리는 제목도 없을 것 같습니다.

사실 원작 소설 『인생의 베일』과 에드워드 노튼, 그리고 나오미 왓츠가 주연한 이 영화 〈페인티드 베일〉 사이에는 큰 차이점이 있습니다. 우선 소설의 배경은 상하이가 아닌 홍콩이며, 소설 속 키티는 끝까지 자신의 잘못을 인정하지 않고 월터를 사랑하지도 않는 모습을 보이는 것과 달리 영화 속 키티는 자신이 월터의 영혼에 상처 입혔음을 인정함과 동시에 그를 진정으로 사랑하는 모습을 보여 준다는 점이 그렇습니다. 또한 영화에서의 월터는 전염병이 잠식하고 있는 마을 메이탄푸의 위생 개선에 성공하지만 소설에서는 오랜 기간 심혈을 기울인 연구가 실패하며 월터 스스로 크게 실망하는 모습을 보이거든요. 그러나 역시 가장 두드러지는 차이점은 원작과 영화가 어떤 메시지에 초점을 맞추고 있느냐라 할 수 있을 것 같습니다. 원작은 월터와 키티가 인간으로서 가진 본능적인 감정들을 여과 없이 보여 주고 있는 반면, 영화는 진정한 사랑은 가까이에 있다는 이야기를 중국의 작은 마을을 배경으로 아름답게 그려내고 있기 때문입니다.

인생은 선택의 연속이라는 말이 있는 만큼, 우리는 언제나 수많은 선택지 사이에서 단 하나만을 고르며 삶을 이어나갑니다. 이번 선택이 끝나면 또 다음 선택지를 골라야 하죠. 그러나 선택지에 늘 즐거운 이야기만이 담겨 있지는 않습니다. 영화의 주인공 키티처럼 'Yes' or 'Yes' 외에 다른 방안이 없는 날도 있기 때문입니다. 사랑 없는 결혼은 절대 하고 싶지 않았던 키티에게 있어 월터와의 결혼은 지옥으로 한 발자국 다가가는 것과 다를 바가 없었기에 둘의 결혼은 서로를 위해서라도 성사되지 말았어야 합니다. 하지만 키티는 자신을 짐으로 여기는 부모님으로부터 '자유'를 원했고, 월터는 자신에게 관심이 없는 여자를 아내로 맞이하고 싶다는 '욕망'에 빠져들었습니다. 여기서부터 비극은 시작됩니다. 두 사람 모두 너무나 충동적인 선택을 내려 이후에 생길 일에는 전혀 관심을 두지 않았으니까요. 월터에게 마음이 없는 키티가 상하이에서 책임지지 못 할 일을 또 저지를 것임은 어쩌면 예견된 일이었을지도 모릅니다. 또, 월터에게 찰리와의 불륜 관계를 들켰을 때조차 현실을 회피하는 키티의 모습에 그녀가 메이탄푸에 가서도 여전히 같은 실수를 반복할 것임을 관객은 직감할 수 있죠.

키티는 미성숙하고 비현실적인 사람이었습니다. 이로 인해 용서받지 못할 잘못을 여러 번 저지르며 남편인 월터에게 큰 상처를 안겨 주었죠. 그것도 모자라 스스로를 메이탄푸라는 벼랑 끝으로 내몰기도 했고요. 하지만 그녀는 동시에 조금씩 성장하기도 했습니다. 이는 영화 후반부에 두드러지게 나타나는데, 키티는 더 이상 예전과 같이 어린아이처럼 칭얼대며 현실로부터 도망

183

가는 모습을 보이지 않기 때문입니다.

어쩌면 그녀에게는 시간이 더 필요했던 것일지도 모르겠습니다. 결혼이라는 일생일대의 결정을 내리기 전 결혼이 무엇인지 진지하게 생각해 볼 시간이, 상하이로 떠나기 전 월터라는 한 인간을 이해하고 진심으로 사랑해 줄 시간이. 그렇다면 이 작품은 해피 오프닝으로 시작해 해피 엔딩으로 끝날 수 있지 않았을까요? 영화 〈페인티드 베일〉을 통해 혹 우리가 회피하고 있는 것이 있다면, 그를 마주하는 데 필요한 시간은 얼만큼인지, 그 시간이 우리를 해피 엔딩으로 이끌어 줄 수 있을지, 답을 한 번 찾아보셨으면 좋겠습니다.

관계의 백신은 진정한 이해로부터

억만장자가 매일 밤 화려한 파티를 열었던 이유,
영화 <위대한 개츠비>

< 위대한 개츠비 The Great Gatsby, 2013 >

드라마 / 미국, 오스트레일리아 / 141분

개봉: 2013. 05. 10.

감독: 바즈 루어만

주연: 레오나드로 디카프리오, 캐리 멀리건, 토비 맥과이어,
조엘 에저튼, 아일라 피셔

제86회 미국 아카데미 시상식(미술상, 의상상 수상)
제67회 영국 아카데미 시상식(의상상, 프로덕션디자인상 수상)
제19회 크리틱스 초이스 시상식(미술상, 의상상 수상)

사람은 저마다 소중히 여기는 가치가 있습니다. 누군가에게
는 그것이 돈이기도 하고, 사회적 지위이기도 하고, 명예이기도
하고, 아름다움이기도 하고, 또 누군가에게는 사랑이기도 하죠.
하지만 인간의 궁극적인 가치는 '행복'이라는 아리스토텔레스의
말처럼, 돈, 사회적 지위, 명예, 아름다움, 사랑 등의 가치를 추구
하는 것은 결국 행복해지기 위해서라고 볼 수 있을 거예요. 결국
행복이라는 목표를 달성하기 위한 수단일 뿐인 거죠.

여러 가치 중 어느 것이 더 고귀하고 값진지는 함부로 재단할
수 없습니다. 그러나 무엇이 가장 순수한 가치인지, 하나를 선택
해야 한다면 이야기는 조금 달라질 수도 있을 것 같습니다. 많은
분이 '사랑'을 택하시지 않을까 생각이 들거든요. 그렇다면 가장
순수한 가치로 사랑을 고르신 이유는 무엇일까요? 물론 이 선택
에도 답이 정해져 있는 것은 아니지만, 이 영화를 본다면 '사랑'이

가장 순수한 가치로 선택받음에 자연히 고개가 끄덕여지실 겁니다. 〈위대한 개츠비〉를 통해 순수한 가치란 어떤 것인지, '개츠비'라는 남자가 위대하다고 불리는 이유는 무엇인지, 또 이 작품은 어째서 오랜 시간이 지나도록 회자되고 있는지 확인해 보시길 바랄게요. 영화 〈위대한 개츠비〉는 이렇게 시작됩니다.

÷

The Great Gatsby, 2013

정신 병원에서 상담을 받는 남자, '닉 캐러웨이'. 언뜻 보아도 깊은 정신병을 앓고 있는 듯하죠. 닉은 지금껏 자신이 살아온 과정을 늘어놓다 주치의에게 자신이 만난 사람 중 가장 기억에 남는 남자 '개츠비'에 대해 이야기하기 시작합니다. 현재보다는 과거에 더 관심이 많은 듯한 닉은 너무나 또렷이 1922년, 그 여름날을 기억하고 있습니다.

주식 채권가로 성공하겠다는 꿈을 가진 채 뉴욕으로 이사를 간, 순수하고 어렸던 당시의 닉. 어색한 타지살이였지만 그가 사는 '이스트 에그' 맞은 편에 거주 중인 사촌 '데이지'의 존재는 커다란 위안이었습니다. 더군다나 데이지와 그녀의 남편 '톰'은 유서 깊은 가문의 자제들이었기에 더욱 든든한 버팀목이 되어 주었죠. 얼마 뒤 데이지 부부, 그리고 그들의 친구 '조던'과 함께하는 즐거운 식사 자리에 한 통의 전화가 걸려 옵니다. 그 전화는 순식간에 다이닝 룸의 분위기를 얼려 버리죠. 닉이 당황하자 조던은 그에게 조심스레 말합니다. 톰에게는 내연녀가 있고 조금 전 걸려 온 전화 또한 그 내연녀의 전화라고요. 식사가 끝난 뒤, 사촌 데이지와 정원을 거니는 닉은 그녀에게 딸의 안부를 물어 보기도 합니다. 잘 크고 있다고 대답하는 데이지이지만 이내 딸이 아무것도 모르는 여자로 자라길 원한다고 덧붙입니다. 그저 평생 행복한 바보로 남길 바란다고요.

그때의 톰은 아내 데이지의 사촌인 닉 앞에서도 내연녀 '머틀'과 거리낌 없이 바람을 피우고 있습니다. 그는 심지어 닉에게 머틀의 사촌을 불러올 테니 넷이 함께 호텔에 가자는 제안까지 서슴지 않죠. 처음엔 머틀의 사촌을 거부하던 닉이었지만 술에 취하자 곧 이 비밀스러운 일탈을 즐깁니다. 이후 자신의 집 정원에서 깨어난 닉. 이때, 닉을 멀리서 바라보는 한 남자가 있습니다. 다름 아닌 매일 밤 그 누구보다 화려한 파티를 연다는 수수께끼의 남자, 개츠비였죠. 닉은 얼마 뒤 개츠비에게서 파티 초대장을 받습니다.

사실 닉을 제외하곤 매일 밤 열리는 이 성대한 파티에 정식으로 초대받은 이는 아무도 없었습니다. 그저 모두가 공짜로 술과 춤을 즐기러 왔을 뿐이죠. 데이지의 친구 조던도 이곳에 있었습니다. 이때, 빛나는 반지를 자랑하는 한 남자가 닉에게 술을 권합니다. 개츠비였죠. 그는 어느덧 닉의 옆으로 다가온 조던과 개인적으로 대화를 나누길 원합니다. 조던은 이 상황이 어리둥절하지만 이내 개츠비를 따라가죠.

그날 이후 개츠비는 닉에게 더 친근하게 다가왔고 자신이 얼마나 금수저인지 설명하며 참전 당시 받았던 훈장과 옥스퍼드 대학교에 다니던 시절의 사진까지 보여 주는 조금은 부자연스러운 모습을 보이죠. 법적으로 술을 마시는 것이 금지되었던 금주법이 한창이던 때에 닉을 술집에 데려가 자신의 친구이자 사업 파트너인 '마이어 울프샴'까지 소개합니다. 하지만 단순한 지인 소개라고 하기엔 개츠비가 닉과 울프샴이 깊은 대화를 하지 못하도록 막고, 이따금씩 닉을 두고 다른 테이블로 가 둘만의 대화 시간을 가집니다. 닉은 본능적으로 개츠비와 울프샴이 은밀한 사업을 하고 있다는 것을 눈치챕니다. 그러나 데이지의 남편 톰이 갑작스레 등장하고 메시에 당당했던 개츠비는 이미 사라진 뒤였죠.

얼마 뒤 조던과 만난 닉은 그녀로부터 개츠비의 비밀을 들게 됩니다. 과거 데이지의 연인이었던 개츠비는 군인이었기에 제 1차 세계 대전에 참전해야만 했고, 그녀가 연인의 생사를 알 수 없는 사이 가족들에 의해 톰과 결혼을 하게 되었다고요. 닉은 데이지가 왜 진정으로 행복해 보이지 않았는지, 왜 개츠비가 톰을 보자 자리를 피했는지 깨닫습니다. 하지만 더 놀라운 사실은 개츠비가 아직도 데이지를 잊지 못해 그녀의 집 맞은편, 거대한 저택을 구매했다는 것이죠. 매일 밤 개츠비의 저택에서 열리는 파티 또한 데이지를 위한 것이었습니다. 그는 늘 혼자 부두에 우두커니 서 데이지의 집 앞에서 빛나는 '초록 불빛'을 손으로 쥐어 보기도 한다고요. 조던은 데이지와의 만남을 주선해 달라는 개츠비의 부탁을 닉에게도 전달합니다.

그날 저녁, 닉은 집 앞에서 조용히 데이지를 기다리고 있는 개츠비를 발견합니다. 순수한 개츠비의 모습을 두 눈으로 보게 되자 자신의 집을 그들의 비밀 회동 장소로 내어 줄 수밖에 없었습니다. 닉의 집에서 재회한 개츠비와 데이지는 과거 못다 이룬 사랑을 이루려 합니다. 잃어버린 시간을 되찾은 애절한 연인으로 보였죠. 하지만 꿈같은 시간은 오래가지 못했습니다. 이미 다른 남자의 아내가 된 데이지를 오롯 자신의 여자로 만들고 싶어 하는 개츠비의 욕망이 점점 커지고 있었기 때문입니다.

─┼─

　2013년에 제작된 영화 〈위대한 개츠비〉는 할리우드에서 가장 화려한 영상미를 선보이는 바즈 루어만 감독의 작품으로 이미 수차례 영상화된 〈위대한 개츠비〉 중 가장 유명한 버전이라고 할 수 있을 거예요. 이 작품은 1925년 프란시스 스콧 피츠제럴드가 발표한 20세기 최고의 영문학 작품 『위대한 개츠비』를 원작으로 하고 있습니다. 피츠제럴드는 주인공 개츠비라는 인물에 자신을, 데이지에 자신의 부인 젤다를 투영했기 때문에 사실 『위대한 개츠비』는 작가 자신의 이야기를 담고 있는 자전적 소설이라고도 볼 수 있죠. 이 작품이 발표된 1925년은 세계 1차 대전이 끝난 직후로, 기존 문명을 지배하고 있던 종교에서 사람들이 차츰 거리를 두기 시작하며 구시대적 발상을 배척하던 시기였습니다. 별것 아닌 것처럼 여겨질 수 있지만 서양 문명에서 종교를 우선순위로 두지 않기 시작했다는 것은 완전한 새로운 시대의 선포를, 새로운 목소리의 전파를 뜻했기 때문에 많은 예술가 또한 종교적 제한을 벗어나 자신의 예술관을 창조해 내기 시작했습니다.

　특히나 이 작품을 이야기할 때 빼놓을 수 없는 역사적 사건은 역시 '금주법'이라고 할 수 있습니다. 『위대한 개츠비』의 배경이 되는 당시의 미국에서는 사회적인, 또 종교적인 문제로 전 국민에게 술을 마시는 걸 금지하는 금주법이 시행되고 있었는데, 극 중 개츠비는 바로 이 금주법을 어기고 술을 만들어 유통하는 '주류 밀수업자'였습니다. 주인공부터가 법을 어기는 인물로 그려지기 때문에 이 작품 자체도 부는 쌓여 가지만 도덕적 관념은 해이해졌던 '잃어버린 세대'의 특징을 완벽하게 담아내었죠.

이 작품의 제목이 어째서 『위대한 개츠비』가 되었는지 짐작 가시나요? 결론부터 말씀드리자면 물질만능주의 사회에서 사라진 지 오래인 '순수'라는 소중한 가치를 개츠비에게서만큼은 찾아볼 수 있었기 때문입니다. 그의 인생길은 여타 세상에 찌든 이들과 달리 그 속이 투명했죠. 지금껏 단 한 번도 걸어온 방향에 의심을 품거나 숨긴 적이 없습니다. 하지만 그가 순수했다는 것이 결코 도덕적인 삶을 살았다는 의미는 아닙니다. 남편이 있는 여자를 잊지 못한 순간부터, 또 정부에 반해 밀수업자가 되기로 한 순간부터 도덕은 그를 소개할 때 사용할 수 있는 단어가 아니었으니까요.

이 작품의 배경이 되는 1900년대 초, 그리고 현대 사회에도 마찬가지로 돈과 성공은 모든 이들의 꿈이자 궁극적으로 추구하는 목표이지만 개츠비는 달랐습니다. 개츠비에게 돈과 성공은 톰과 달리 금수저를 물고 태어나지 못한 그에게 있어 데이시와 그녀의 집안에 걸맞은 사람이 될 수 있게 해 주는 일종의 사다리이자 '수단'에 불과했으니까요. 하지만 개츠비가 아무리 발버둥 쳐도 그와 데이지 사이엔 눈에 보이지 않는 벽이 존재했습니다. 그 벽의 존재는 그들이 살고 있는 곳에서부터 찾을 수 있죠. 개츠비는 전형적인 New Money(졸부), 데이지와 그녀의 남편 톰 뷰캐넌은 Old Money(부유하고 유서 깊은 가문의 혈통)를 대표하는 인물들입니다. 그렇기에 작가 피츠제럴드는 개츠비와 닉을 '웨스트 에그'라는 지역으로 보냈고 뷰캐넌 부부를 '이스트 에그'로 보냈습니다. 이때 웨스트 에그는 실제 뉴욕에 존재하는 지역인 웨스트 햄턴에서, 이스트 에그는 이스트 햄턴이라는 지역에서 유래된 것으로 이스트 햄턴은 가문 대대로 돈이 많은 사회적 계층이 높은 사람들이 거주하는 곳이고 웨스트 햄턴은 자수성가를 하여 돈은 많이 벌었지만 사회적 계층은 비교적 낮은 사람들이 거주하는 곳입니다. 즉, 작품 속 인물들이 살고 있는 곳에서부터 이미 그들 사이의 좁혀지지 않는 거리가 묘사된 셈이에요. 돈은 내가 노력하면 얻을 수 있지만 사회적 계층은 내가 노력한다고 해서 얻을 수 있는 게 아니니까요. 따라서 영화 속 개츠비가 매일 밤 혼자 우두커니 어두운 밤 부두에 서서 데이지의 집 앞에서 빛나고 있는 초록 불빛에 손을 뻗고 있던 건 아주 비극적인 행동이라고 볼 수 있습니다. 불빛은 인간의 손에 잡히는 물건이 아니기 때문이죠. 개츠비는 자신의 모든 에너지를 데이지라는, 잡을 수도 없고 잡아서도 안 되는 목표에 쏟고 있었습니다. 원작자인 피츠제럴드가 바라본 당시 미국 사회도 이러했습니다. 그는 온 미국인이 그들 각자의 에너지를 잘못된 곳으로 쏟아붓고 있다고 생각했어요. 이 작품을 통해 '돈'이라는 갑옷을 입은 채 비열한 짓을 행하고 있는 상류층을 비판하기도 했고요.

눈치채셨겠지만 개츠비는 모든 미국인이 꿈꾸는 '아메리칸 드림'을 상징한다고 볼 수 있습니다. 꿈을 꾸고 노력하면 모두가 성공할 수 있다는 그 아메리칸 드림이요. 영화에는 등장하지 않지만 원작에는 개츠비의 아버지가 닉에게 개츠비가 어린 시절 작성한 스케줄 표를 보여 주는 장면이 등장합니다. 자신이 더 나은 사람이 될 수 있도록 아주 세세하게 적어 놓았던 개츠비의 크고 작은 목표들은 미국 건국의 아버지이자 자수성가의 아이콘으로 알려져 있는 '벤자민 프랭클린'의 13가지 덕목을 생각나게 하죠. 꿈은 노력하면 이루어질 수 있다고 믿은 개츠비, 그가 얼마나 성공만을 위혜 달려온 사람이었는지 보여 주는 대표적인 장면입니다.

하지만 개츠비는 자신이 그토록 원했던 단 하나, 데이지라는 꿈에 닿지 못한 채 큰 실수를 범하고 말았습니다. 자신과 그녀의 사랑은 과거의 파편에 지나지 않는다는 것을 깨닫지 못한 것이죠. 끝나버린 사랑은 그저 흘러간 시간 속에 묻어 두고 새로운 사랑을 찾아야 하지만 그러지 못한 것입니다. 그렇기에 작가 피츠제럴드는 말하고 있습니다. 아메리칸 드림 따위는, '사랑'이라는 순수한 가치는 이제 더 이상 존재하지 않는다고요. 그러나 이는 꿈이 무의미하다거나 이 사회는 썩어버린 채로 지속될 것이라는 이야기가 아닙니다. 아메리칸 드림은 더 이상 존재하지 않는 것을, 이상은 비현실적이라는 것을 알고 있다 하더라도 개츠비 같은 위대한 인물들의 시도가 계속되고 닉과 같은 인물들이 그들의 정신을 계승하는 것 자체가 우리 시대와 사회를, 심지어는 우리 같은 한 사람의 인생을 바꾸고 있다고 말하고 있는 것입니다.

〈위대한 개츠비〉는 영화뿐 이니라 소설도 꼭 감상해 보시길 바랄게요. 여러 상징적인 장치들을 기억하며 이 작품을 보신다면 『위대한 개츠비』가 어째서 미국이 낳은 가장 위대한 소설로 불리는지, 그리고 닉이 어째서 개츠비를 '위대한' 개츠비라고 부를 수밖에 없었는지 피부로 느끼실 수 있으실 거예요. 어쩌면 다양한 가치 중 어째서 사랑이 가장 으뜸일 수밖에 없는지, 이 작품의 주인공 개츠비처럼 느끼게 되실지도요.

어두운 밤, 진흙탕 속 밝게 빛나는 위대한 보석 하나

삶이
망가졌기에
우리는
다시
영화를 본다

생전 그림을 단 한 점밖에 팔지 못했던
한 화가의 이야기, 영화 <러빙 빈센트>

< 러빙 빈센트 Loving Vincent, 2017 >

애니메이션 / 영국, 폴란드 / 95분

개봉: 2017. 10. 06.

감독: 도로타 코비엘라, 휴 웰치맨

주연: 로베르트 굴라치크, 더글러스 부스, 시얼샤 로넌, 제롬 플린, 에이단 터너

제30회 유럽영화상(유러피안 애니메이션상 수상)
제20회 상하이국제영화제(금잔애니메이션상 수상)
제41회 안시 국제애니메이션 페스티벌(관객상 - 장편부문 수상)

해외로 여행을 떠날 때면, 그 도시에 있는 미술관을 꼭 방문해 보고는 합니다. 명화를 인터넷으로 검색한 뒤 모니터로 보는 것과 직접 현장에 가 실물로 보는 것에는 큰 차이가 있기 때문입니다. 제가 방문했던 해외의 여러 유명 미술관 중, 저의 마음을 가장 설레게 만들었던 곳은 프랑스 파리의 오르세 미술관(Musée d'Orsay)이었습니다. 시대를 풍미했던 여러 예술가들의 그림이 전시되어 있던 그곳에는 세상에서 가장 유명한 화가 중 한 명인 고흐의 작품들도 있었죠. 오르세 미술관에는 정말 많은 고흐의 작품들이 있었지만, 그의 여러 작품 중에서도 가장 인상 깊었던 작품은 파란 옷을 입은 채 정면을 응시하고 있는 자화상이있습니다. 모델을 구할 돈이 없어 자신의 자화상을 자주 그렸던 고흐. 우울과 슬픔을 상징하는 색인 파란색이 가득한 그의 자화상은 제 마음을 울렸고 마치 고흐와 깊은 교감을 나눈 듯한 느낌을 받았죠. 그렇게 저는 고흐의 자화상 앞에서 한참을 서 있다 겨우겨우 자리를 떠날 수 있었습니다. 그리고는 한국에 돌아와 몇 개월 뒤, 그의 자화상을 극장에서 다시 만나게 되었습니다. 〈러빙 빈센트〉라는 따뜻한 이름을 가진 영화의 포스터로요.

인생에서 가장 힘든 시기는 누구에게나 찾아옵니다. 마치 빛이 한 점 없는 어두운 밤길을 걷는 것만 같다고 느껴지죠. 새들이 바삐 지저귈 아침은 다시 오지 않아 평생 홀로 이 안개가 자욱한 새벽에 머물러야 할 것 같죠. 저에게도 물론 이런 순간이 있었습니다. 삶의 목적과 방향성을 잃어버려 제가 아무런 쓸모도 없는 사람이라고 느껴졌죠. 그러나 어느 순간, 이런 생각이 들었습니다. 빛을 느껴본 적이 있기에 지금과 같은 어두움이 존재한다는 것을 알 수 있는 것은 아닐까. 지금 내가 겪고 있는 이 시기가 어두운 밤이라면 아침은 곧 다가오지 않을까.

위대한 예술가 고흐 또한 우리와 같은 생각을 하고 있었습니다. 현재의 고흐는 환하게 빛나는 전설의 예술가이지만, 과거의 고흐는 어둠 속에서 홀로 눈물짓던 사람이었거든요. 영화 〈러빙 빈센트〉. 사람들의 눈에는 자신이 최하 중의 최하급이겠지만 언젠가는 그림을 통해 그 최하인 사람의 마음속에 무엇이 들어있는지 보여주겠다는 고흐의 마지막 말을 듣고 눈물범벅이 되실지도 몰라요. 또, 고흐처럼 내 마음속에 숨겨진 무엇인가를 세상에 보여주리라 결심하게 되실지도요.

⊹

Loving Vincent, 2017

〈러빙 빈센트〉는 고흐의 죽음에 얽힌 미스터리를 풀어나 가는 이야기를 담고 있는 영화입니다. 영화는 고흐가 사망한 지 1년이 흐른 프랑스의 아를(Arles)을 배경으로 시작되죠. 이미 고 인이 된 고흐였지만 생전 아웃사이더적 기질을 보이며 스스로 귀를 잘라 지인에게 선물까지했던 고흐는 사후에도 마을 사람들에게 온갖 미움을 받고 있던 사람이었습니다. 영화의 주인공이자 같은 마을 주민인 '아르망' 또한 그를 좋아하지 않았죠. 그러나 아르망의 아버지는 고흐의 친우였고, 고흐의 죽음을 누구보다 슬퍼하던 이었습니다. 이때, 아버지는 아들 아르망에게 한 가지 부탁을 하게 됩니다. 고흐가 죽기 전 남긴 마지막 편지를 고흐의 동생 '테오'에게 자신 대신 전해 달라고요. 아르망은 부탁을 거절하고 싶었지만 아버지의 말에 설득냉해 결국 이 마지막 편지를 고흐의 동생 테오에게 전하는 모험 아닌 모험을 떠나게 됩니다.

그러나 아르망이 전하려던 고흐의 마지막 편지는 동생 테오에게 전달되지 못했습니다. 테오가 형 고흐의 사망 이후 6개월 만에 세상을 떠났기 때문이었습니다. 하지만 동생 테오가 세상을 떠났다고 하더라도 편지는 고흐의 가족들에게 전달되어야 하는 법. 아르망은 테오의 아내에게 고흐의 편지를 전달하려 다시 기차를 타고 모험을 떠납니다. 처음엔 이 여정을 귀찮게 여기던 그였지만, 고흐가 사망한 오베르 쉬르 우아즈(Auvers-Sur-Oise)에 도착해 그의 마지막 발자취를 따라갈수록, 아르망은 고흐가 사실 미치광이 괴짜가 아닌 인정 많고 자연을 사랑하던 예술인이었다는 새로운 면을 알게 되죠.

-|-

이 영화의 제목은 어째서 〈러빙 고흐〉가 아닌 〈러빙 빈센트〉가 되었을까요? 많은 관객에게 조금 더 친숙하게 다가가기 위해서는 〈러빙 빈센트〉보다는 〈러빙 고흐〉가 더 좋았을 것임에도 불구하고요. 이는 고흐가 동생 테오와 나누었던 수백 통의 편지에서 그 해답을 찾을 수 있습니다. '러빙 빈센트(너를 사랑하는 빈센트가)'라는 말은 고흐가 생전 동생과 나누었던 편지 맨 마지막에 항상 쓰여있던 말이었기 때문입니다. 고흐는 우리에게 '고흐'라는 이름으로 알려져 있지만 이는 그의 성이며, 실제 이름은 '빈센트'로, 그의 가족들과 지인들은 그를 빈센트라 불렀습니다. 실제로 동생 테오에게 편지를 쓸 때마다 편지 끝에 '러빙 빈센트'라며 편지를 마무리했던 고흐였으므로 고흐의 마지막 편지를 전달하는 한 남자의 이야기를 담고 있는 이 영화의 제목에 〈러빙 빈센트〉보다 좋은 제목은 없었을 거예요.

누군가가 저에게 영화사에 길이 남을 참신한 영화를 한 편 꼽으라고 한다면 전 이 영화 〈러빙 빈센트〉를 고르고 싶습니다. 약 100명의 유화 전문 화가들이 6만 점 이상의 유화를 그려 만들어 낸 세계 최초의 유화 애니메이션이기 때문입니다. 애니메이션인데도 불구하고 이 영화에 참여한 애니메이터는 겨우 5명이었다고 알려져 있죠. 그렇다면 감독은 왜 이런 선택을 한 것일까요? 앞서 말했듯 '러빙 빈센트(널 사랑하는 빈센트가)'라는 말은 고흐가 편지 끝에 항상 쓰던 말이었습니다. 하지만 '러빙 빈센트'에는 '사랑스러운 빈센트'라는 뜻도 있기 때문에 '러빙 빈센트'라는 말은 비단 빈센트라는 이름을 가진 이가 누군가에게 편지를 작성할 때 뿐만 아니라 빈센트의 편지를 받은 이가 그에게 답장을 할 때도 사용될 수 있는 날입니다. 대오를 향한 고흐의 마지막 편지는 전해지지 못했고, 고흐는 어떠한 답장도 받지 못했지만, 후대의 예술가들은 '러빙 빈센트'라는 작품을 통해 그의 마지막 편지에 대신 답해 주고 싶었던 것이 아닐까 싶습니다. 살아생전 제대로 인정받지 못했던 고흐의 예술 세계를 무려 100명이 넘는 화가들이 10년이 넘는 세월 동안 오직 그의 화풍을 오마주 하여 6만 점 이상의 그림을 그릴만큼 그를 존경하고 사랑한다고 비운의 화가 고흐, 아니 '빈센트'에게 전하고 있는 것입니다. 그는 사랑받아 마땅한 사람이라고요. 이러한 이유로 〈러빙 빈센트〉의 감독 도로타 코비 엘라와 휴 웰치맨은 개개인의 특성이 확실하게 드러나는 애니메이터가 아닌 고흐의 화풍을 따라 할 수 있는 유화 전문 화가들의 손을 빌려 오직 고흐만을 위한 움직이는 영상 편지를 완성한 것입니다.

이 영화의 주인공 아르망은 자신의 아버지가 고흐와 절친한 친우 사이였음에도 고흐를 제대로 알고 싶어 하지도, 이해하려 하지도 않던 인물이었습니다. 하지만 이 모습은 비단 아르망에게서만 찾을 수 있는 것이 아닙니다. 평소 고흐라는 인물을 떠올릴 때 분명 '고흐는 왜 스스로 귀를 잘랐을까?', '고흐는 왜 자살을 했을까?', '혹시 타살이라면 대체 누가 고흐를 죽인 걸까?'라는 궁금증이 떠오르셨을 테니까요. 그가 어떤 화가였는지, 무엇을 좋아했는지는 사실 알지도 못하셨을 거고 알려고 하지도 않으셨을 거예요. 아르망처럼요. 또, 그의 그림을 보는 것은 좋아하시면서도 생전 그림을 단 한 점 밖에 팔지 못했던 고흐의 인생은 '실패' 그 자체, 혹은 '비극' 그 자체였다고 생각하지는 않으셨나요? 즉, 영화의 주인공 아르망이라는 인물은 결국 영화를 보는 관객인 것입니다. 고흐에게 편견이 있었고, 고흐를 실패자라고 생각했던 아르망과 우리는 별반 차이가 없으니까요.

누군가는 말합니다. 고흐는 시대를 잘못 타고난 화가라고요. 하지만 그가 21세기에서 태어났다면 이 시대를 살아가고 있는 사람들은 그의 개성을, 그의 정신병을 이해해 주었을까요? 고흐는 분명 똑같이 자신의 병으로 고통받았을 것이고, 경제적 어려움에 허덕이느라 동생 테오와 가족들을 힘들게 했으며, 홀로 남겨진 외로움에 눈물지었을 것 같아요. 그렇기에 영화는 말하고 있습니다. '만약 그가 현시대를 살아갔다면', '만약 그가 일찍 죽지 않았다면', '만약 그가 자살한 게 아니라면'과 같은 호기심 어린 가정을 하기보다는 빈센트라고 불렸던 한 인간의 삶과 예술 세계를 보아 달라고요. 그렇다면 그를 더 이상 외로움에 미쳐 울던 괴짜가 아닌 한 남자의 형이었고, 한 사람의 친구였으며 자연과 예술을 사랑했던 한 명의 화가로 기억할 수 있을 것이라고요.

많은 분이 분명 빈센트가 실패라는 수렁에서 빠져나오지 못한 사람이라고 생각하실 거예요. 하지만 저는 조금 다르게 생각합니다. 비록 스스로 생을 마감했으나 고흐는 죽을 때까지 자신이 사랑하던 일을 했던 사람이었고, 동생 테오와 나누었던 편지에서 그 자신이 그토록 염원하였던 것처럼 고흐는 '별이 빛나는 밤하늘'을 그리는 데에 성공했기 때문이죠. 그리고 그의 밤하늘은 영원히 반짝반짝 빛날 테니까요.

밝게 빛나는 자신의 그림과 달리 어둡고 방황하는 인생을 살았던 빈센트 반 고흐, 하지만 아름다웠던 그의 인생 이야기가 궁금하시다면, 또 지금 실패의 수렁에 빠져 있다고 생각되신다면 이 영화 〈러빙 빈센트〉 꼭 보시길 추천드립니다.

고흐라기보다는 빈센트라고 부르고 싶어지는 별이 빛나는 밤, 빈센트 당신에게 우리가 보내는 한 통의 편지

가장 높은 꼭대기에서 바닥으로 추락한
여자에게 생긴 일, 영화 <블루 재스민>

< 블루 재스민 Blue Jasmine, 2013 >

드라마 / 미국 / 98분

개봉: 2013. 08. 23.

감독: 우디 앨런

주연: 케이트 블란쳇, 알렉 볼드윈, 샐리 호킨스, 바비 카나베일

제86회 미국 아카데미 시상식(여우 주연상 수상)
제67회 영국 아카데미 시상식(여우 주연상 수상)
제71회 골든 글로브 시상식(여우 주연상-드라마, 세실 B. 데밀 상 수상)
제20회 미국 배우 조합상(영화부문 여우 주연상 수상)
제48회 전미 비평가 협회상(여우 주연상 수상)

'붕괴'라는 단어를 들으면 어떤 느낌이 드시나요? 열과 성을 다해 지어 놓은 것이 한순간에 무너지는 것을 의미하는 단어인 붕괴. 상상만 해도 뒷골이 오싹해지는 느낌이 들죠. 이처럼 붕괴는 대부분의 사람이 기피하는 것이지만 아이러니하게도 우리는 인생을 살아가며 크고 작은 무너짐을 경험합니다. 후폭풍이 크지 않은, 충격이 작은 무너짐을 경험하게 되었을 때는 비교적 쉽게 이겨낼 수 있지만 반대의 경우에는 이전으로 돌아가기 힘들 때가 있죠. 그러나 놀랍게도 대다수의 사람들과 달리 한 번도 경험하지 않은 사람도 분명 있을 거예요. 그렇다면 이 무너짐을 자주 경험하는 사람들과 그렇지 않은 사람들의 차이점은 무엇일까요? 그들이 어느 건물에 서 있었느냐에 그 답이 있지 않을까 합니다. 특히 그 건물의 뼈대가 얼마큼 튼튼한지가 붕괴하느냐 마느냐를 가름하는 데 중요한 역할을 하겠죠.

철근 콘크리트로 튼튼하게 쌓아 올린 건물과 모래로 쌓아 올린 신기루와 같은 성, 둘 중 어느 건물에 서 있고 싶으신가요? 답은 이미 정해져 있을 것 같습니다. 그 누구도 곧 무너질 건물에 서 있고 싶지는 않을 거예요. 인생은 하나의 건물과도 같습니다. 긍정적이고 진실된 언행을 가진 사람은 콘크리트와 같은 뼈대로 건물을 쌓아 가겠지만 그와 반대로 매사에 부정적이고 인생 자체가 거짓말로 점철된 사람은 모래로 만들어진 성을 갖게 되겠죠.

이 뼈대가 다른 두 건물은 겉으로 보았을 때는 아무런 문제가 없는 듯 비슷해 보일지는 몰라도 비바람이나 폭풍이 불게 된다면 상황은 크게 달라질 것입니다. 즉, 인생이 모래성과도 같은 사람들은 '실패'라는 비바람을 맞게 된다면 너무나 쉽게 자신이 쌓아올린 모든 것을 잃게 되겠죠. 이후 정신을 차려 다시 콘크리트와 같은 재료로 건물을 지으려고 노력한다면 그나마 다행이겠지만 이조차도 깨닫지 못하는 사람들이 있고는 합니다. 그리고 영화 〈블루 재스민〉은 인생이 모래성 그 자체였던 한 여인에 대한 이야기를 담고 있습니다. 모든 걸 다 가진 여자가 한순간에 전부를 잃어버린 후 다시 자신이 서 있던 곳으로 돌아가려 하는 모습을 담고 있는 영화 〈블루 재스민〉. 인생을 살아가며 실패를 경험해 보셨다면 작품 속의 주인공 '재스민'의 모습을 보시고 그녀처럼 같은 실수를 또다시 반복하는 일은 일어나지 않길 바랄게요.

뉴욕 상류층의 사교계 인사였던 주인공 '재스민'은 남편의 사업 실패로 인해 이혼을 하게 되었습니다. 물론 그녀의 남편이 전 재산을 잃고 파산했으니 재스민도 모든 걸 잃었죠. 부와 명예 모두 잃어버려 갈 곳이 없어진 재스민은 어쩔 수 없이 평소 행색이 초라하다며 무시했던 동생 '진저'의 집으로 향하게 됩니다. 재스민은 과거의 씀씀이 때문에 일반석은 눈길도 주지 않고 퍼스트 클래스를 예약했을 정도로 자신의 현재 위치를 모르는 사람이었지만 그녀도 나름의 노력을 하기 시작합니다. 모든 것을 잃었지만 애써 살아 보기 위해 자신에게 맞는 직업을 구하려 했기 때문이죠. 그러나 남편과의 이혼, 상류층에서 하류층으로 떨어졌다는 실패감, 파산과 같은 경험들로 인해 큰 충격을 받았던 재스민은 시간이 갈수록 이상한 모습을 보이기 시작합니다. 사람들과 대화를 나누다가도 뜬금없이 몽상에 빠져 소리를 지르고 새롭게 연애를 시작한 남자에게도 거짓말을 늘어놓기 일쑤였으며 과거에 얽매여 더 이상 현재를 살아가지 못했거든요. 진실함을 잃어버린 재스민은 과연 새로운 삶을 살 수 있을까요? 동생 진저의 집으로 오기 전, 뉴욕에서 그녀와 전남편에게 비밀스러운 사건이라도 벌어졌던 것일까요?

━┼━

영화 〈블루 재스민〉은 배우 케이트 블란쳇이 그녀 인생 최고의 연기를 펼친 작품이라고 해도 무방할 만큼 엄청난 연기 내공을 엿볼 수 있는 작품입니다. 케이트 블란쳇은 실제로 제86회 아카데미 시상식에서 이 〈블루 재스민〉을 통해 여우 주연상을 수상하기도 했죠. 당시 함께 후보에 올라와 있던 배우들이 〈그래비티〉의 산드라 블록, 〈아메리칸 허슬〉의 에이미 아담스, 또 명실상부 헐리우드 최고의 배우 메릴 스트립이었음에도 불구하고 당당히 수상의 쾌거를 이루어 냈습니다.

이 영화는 말론 브란도와 비비안 리 주연의 영화로도 유명한 희곡 『욕망이라는 이름의 전차』를 현대적으로 재해석해 오마주한 작품이기도 한데요. 희곡이 과거 남부 상류사회의 몰락과 산업화에 적응하지 못한 채 좌절한 미국인들의 모습을 묘사하고 있다면, 영화 〈블루 재스민〉은 과거의 희곡을 재조명해 21세기를 살아가는 현대인의 고독함과 쓸쓸함, 동시에 2008년 금융위기 이후 재기에 실패해 버린 그들의 현재에 대하여 말하고 있습니

213

다. 따라서 영화 〈블루 재스민〉의 주인공 재스민과 희곡 『욕망이라는 이름의 전차』의 주인공 블랑쉬는 같은 삶을 살 수밖에 없었습니다. 미국 남부의 명문가였던 블랑쉬의 집안은 몰락해 버렸고, 그녀의 남편은 영화 속 재스민의 남편처럼 바람을 피우고 있었죠. 이런 견딜 수 없는 현실에서 도망치고 싶어 블랑쉬는 재스민처럼 현실에서 벗어나 살기 시작합니다. 그렇게 블랑쉬가 유일한 도피처인 과거와 환상 속에서 욕망을 탐하게 되면서 불행 제2막은 시작됩니다. 영화 속 재스민처럼요.

그렇다면 이 영화의 제목 〈블루 재스민〉은 무슨 뜻을 갖고 있는 것일까요? 재스민이라는 식물은 밤이 되어야만 꽃을 피우는 특이한 종인데 우울증, 편두통, 불면증을 치료하는 효능이 있습니다. 매우 아름답고 향이 좋기로 유명해 차와 향수의 재료로 사용되기도 하죠. 그러나 사실 재스민이라는 이름은 그녀의 본명이 아니었습니다. 재스민의 진짜 이름은 자넷이라는 다소 촌스러운 이름이었죠. 그녀는 입양아기도 했습니다. 그렇기에 자넷이라는 사람은 상류층과는 어울리지도 않고 애초에 사교계에는 발을 붙일 수도 없는 인물이었죠. 하지만 그녀는 아름다운 외모라는 장점을 이용해 상류층 사람들과 어울리기 시작했고 끝내는 태생이 상류층인 척 연기하기 시작했습니다. '재스민 프렌치'라는 이름으로 개명한 것도 그 연기 중 하나였죠. 결국 자넷은 상류층과의 결혼이라는 양분을 통해 남들이 부러워할 만한 예쁜 꽃인 재스민을 피워 냈습니다. 이제 자넷이라는 여자는 없었죠. 그러나 이 꽃은 포장과 거짓말을 통해 피어났었기에 금방 시들어 버렸습니다. 쉽고 빠르게 꼭대기에 올라갔던 그녀는 더 빠른 속도로 추락해 모든 것을 잃어버렸죠.

보통의 재스민꽃은 흰색인데도 불구하고 이 영화의 제목은 어째서 〈블루 재스민〉이 되었는지도 알 수 있을 거예요. 하얀색은 순수와 결백을 상징하는 색이지만 파란색은 보통 슬픔과 우울을 상징하는 색으로 알려져 있기 때문입니다. 따라서 하얀 재스민꽃과 파란 재스민꽃 또한 서로 상반되는 효능과 의미를 갖고 있다고 볼 수 있겠죠. '화이트 재스민(하얀 재스민꽃)'은 우울증, 편두통, 불면증을 치료하는 꽃으로 '블루 재스민(파란 재스민꽃)'은 우울증, 편두통, 불면증을 일으키는 꽃으로 해석하며 영화를 본다면 영화 속 재스민이 도대체 왜 시간이 갈수록 정상적이지 못한 행동을 하는지 더 잘 이해할 수 있게 되실 거예요.

영화는 뉴욕 최상류층이라는 다소 거리감이 느껴지는 사람에 관한 이야기를 담고 있는 것처럼 보이지만 그 속을 자세히 들여다본다면 우리 모두가 한 번쯤은 겪을, 혹은 이미 겪었을 실패와 추락 이후 느꼈던 외로움을 이야기하고 있다는 걸 알 수 있습니다. 영화 속 재스민의 말처럼 '감당할 수 없는 실패'를 겪는다는 게 무슨 의미인지 알고 싶으시다면 최고의 배우 케이트 블란쳇과 거장 우디 앨런이 선사하는 영화 〈블루 재스민〉 꼭 한 번 보시길 추천드리겠습니다.

미치지 않으면 살아갈 수 없는 '지금 이 순간'의 무게

슬픔과 고통은 잠시 잊혀질 뿐 사라지지 않는다,
영화 <래빗 홀>

< 래빗 홀 Rabbit Hole, 2010 >

드라마 / 미국 / 91분

개봉: 2010. 01. 28.

감독: 존 카메론 미첼

주연: 니콜 키드먼, 아론 에크하트

제26회 산타바바라 국제영화제(시네마 뱅가드상 수상)

우리는 '만남이 있으면 이별도 있다'라는 말을 자주 하고는 합니다. 새로운 만남 뒤에는 언제나 끝이 기다리고 있다는 것을 알고 있기 때문이죠. 일반적인 헤어짐도 물론 큰 슬픔을 남기지만 가까운 누군가의 '죽음'은 남은 삶을 살아가기 어려울 정도의 엄청난 고통을 안겨 주고는 합니다. 살아 있는 사람이 죽음에 대처하는 방법엔 여러 가지가 있을 수 있겠지만 중세 유럽에서는 어떤 방식으로 이 이별을 받아들였을까요? 우선 이에 대한 대답을 생각해 보기 전, 제목은 많이 들어 보았지만 아마 읽어 보지는 않으셨을 단테의 『신곡』이라는 작품을 먼저 알 필요가 있습니다.

『신곡 - 지옥 편』은 인간들이 생전에 저질렀던 죄의 경중을 심판하여 그 죄에 부합하는 지옥으로 인간들을 보내는 내용을 담고 있는데 단테가 정치적, 종교적 문제로 심각하게 고민하며 영혼의 행복을 찾기 위하여 쓴 작품이기도 하죠.

단테가 『신곡』을 집필하던 1320년대에는 그 누구도 성경에 나오는 지옥을 제대로 상상해 내지 못하였습니다. 그러다 단테라는 시인이 아주 긴 서사시의 형태로 무척 자세하게 사후 세계를 묘사해냈죠. 당시 지식인들 대부분은 라틴어를 쓰고 있었기에 일반적으로 자신이 살고 있는 지방의 방언을 사용하는 시민들은 문학 작품뿐만 아니라 성경조차 쉽게 읽을 수 없었고, 그들 삶에 깊숙이 뿌리내린 종교도 완벽히 이해할 수 없었습니다. 그 당시 일반인들은 천국과 지옥은 어떤 곳인지, 또 성경엔 무슨 이야기가 있는 것인지 제대로 알지 못했던 것이죠. 단테가 이탈리아 토스카나 지방의 방언이자 현대 이탈리아어의 기준이 되는 언어로 『신곡 - 지옥, 연옥, 천국 편』을 쓰기 전까지는요. 이 작품은 종교인이 종교를 보다 깊이 이해할 수 있게 만들었고 비종교인에게는 전도서가 되기도 했습니다. 너무나 자세하게 지옥의 모습을 묘사해 놓은 탓에 비종교인들은 도저히 세례를 받지 않고는 버틸 자신이 없었거든요.

단테가 묘사한 지옥은 총 아홉 개로 구성되어 있는데 그중 제1층 지옥, '림보'라고도 불리는 이곳은 그리스도가 태어나기 전 죽은 고대인들이나 세례를 받지 않은 선한 자들이 있는 곳이었습니다. 그렇기에 이곳엔 성경의 아담, 아벨, 노아, 모세를 비롯해

철학자 아리스토텔레스, 플라톤, 그리고 소크라테스 등과 같은 인물들이 있었죠.

저는 한 사람이 어떤 책을 접하게 될 때는 전부 이유가 있다고 믿고는 합니다. 그리고 이 단테의 『신곡 - 지옥 편』은 저에게 운명처럼 다가온 작품이었죠. 제가 세상에서 가장 사랑하던 할아버지께서 갑작스럽게 세상을 떠나신 뒤 만나게 된 책이기 때문이었습니다. 이 작품을 읽으며 제1층 지옥, 림보에 대한 이야기를 접하고 나니 과거 이탈리아인들이 『신곡』을 읽고 공포스러운 사후 세계가 존재한다는 것을 믿기 시작했듯 저 또한 마음속에서 두려움이 피어나기 시작했습니다. 저에게는 아버지와도 같았던 돌아가신 할아버지께서 이 림보에 계시지는 않을까 덜컥 겁이 났기 때문입니다. 그저 하나의 문학 작품일 뿐인데도 불구하고 생전 세례를 받지 않으셨던 할아버지가 너무나 걱정되었습니다. 이후 종교를 갖고 있지 않던 저는 어느 순간부터 성당에 다니기 시작했죠. 림보에 있는 이들을 위해 살아 있는 사람들이 기도를 해 준다면 그들에게도 연옥과 천국으로 갈 수 있는 기회가 주어진다는 단테의 말 때문이었습니다.

그렇게 성당은 할아버지의 죽음으로 고통스럽게 지냈던 저의 매일이 안정적으로 변할 수 있도록 만들어 주었고 저만의 작은 안식처가 되었죠. 제가 세 번째로 소개해 드릴 작품 또한 잊지 못할 마음의 상처가 있는 사람들에게 정말 큰 도움이 될 수 있는 영화 〈래빗 홀〉입니다. 지금 이 영화 추천을 읽게 되신다면 제가 어째서 단테의 『신곡』 이야기까지 꺼내며 우리 모두에게 자신만의 안식처가 필요하다는 말을 언급했는지 알게 되시리라 믿습니다. 그리고 부디 영화 〈래빗 홀〉이 여러분들의 고통을 조금이나마 덜어줄 수 있는 마법 같은 영화가 될 수 있길 바라봅니다.

＋

Rabbit Hole, 2010

영화 〈래빗 홀〉은 아들을 교통사고로 잃은 지 얼마 되지 않은 아내 '베카'와 남편 '하위'의 이야기를 담고 있습니다. 이 두 사람은 평소엔 아무런 일도 없는 척 괜찮다는 모습을 보이다가도 지인들과 대화를 나누던 중 아이들 이야기만 나오면 어느 순간 절망을 느끼고는 했죠. 자신들처럼 자식을 먼저 떠나보낸 부모가 서로를 위로하기 위해 만든 모임에도 참석해 보지만 암담한 현실을 이겨 내기엔 역부족이었습니다. 죽은 아들의 흔적이 눈에서 사라지면 괜찮아질까 벌써 8개월이 지났지만 아직도 집에 고스란히 남아 있는 아들의 물건과 옷가지들을 치우던 베카는 아들의 모든 것을 기억하고 싶은 하위와 부딪히기 시작합니다. 예전 과 같은 일상으로 돌아가기 위해 노력하면 노력할수록 부부 사이 는 나빠지기만 하죠.

이후 베카는 운전을 하며 시내를 지나다 우연히 자신의 아 들 대니를 죽게 만든 '제이슨'을 만나게 됩니다. 노란 스쿨 버스에 서 내린 그 사람은 놀랍게도 아직 십 대에 불과한 어린 소년이었 습니다. 제이슨이 살고 있는 동네를 알게 된 베카는 그날 이후 매 일 제이슨을 몰래 따라다니기 시작합니다. 마치 그와 대화를 나 누고 싶다는 모습이었죠. 얼마 뒤 이를 눈치챈 제이슨은 베카와 사고 이후 처음으로 마주하게 되고 여러 이야기를 나누게 됩니 다. 그러나 베카는 제이슨에게 화를 내고 원망하며 분노를 느끼 기는커녕 미소를 지어 보입니다. 심지어는 이 아이러니한 만남을 통해 아물 것 같지 않던 자신의 상처를 조금씩 치유해 나가기까 지 하죠. 이도 모자라 제이슨이 선물한 한 권의 만화책은 베카에 게 도무지 이해할 수 없는 안식처를 선사하기에 이릅니다. 남편 하위가 알게 된다면 절대 용납하지 않을 만남이었음에도 불구하 고 말이죠.

영화 〈래빗 홀〉은 〈헤드윅〉을 연출한 존 카메론 미첼 감독의 2010년 작입니다. 그의 이전작들을 감상하신 뒤 이 영화를 보시게 된다면 미첼 감독은 역시 관객들의 상처를 보듬어 주는 데에 있어서는 도가 튼 사람이라는 것을 느끼실 수 있을 거예요. 주인공 베카 역을 맡은 니콜 키드먼은 어린 아들을 잃은 어머니 역할을 완벽하게 소화해 내며 2010년 아카데미와 골든글로브 여우 주연상 후보에 오르기도 했습니다. 그렇기에 이 〈래빗 홀〉이란 영화는 작품성과 배우의 연기력을 모두 느낄 수 있는 좋은 작품이라고 할 수 있을 것 같습니다.

루이스 캐럴의 대표작 『이상한 나라의 앨리스』를 읽어 보신 적, 혹은 들어 보신 적 있으신가요? 이번 영화의 제목 '래빗 홀'은 바로 이 『이상한 나라의 앨리스』에서 유래한 단어로 한국말로는 '토끼 굴'이란 뜻을 갖고 있습니다. 주인공 앨리스가 말하는 토끼를 발견하고 따라다니다 갑작스레 토끼 굴로 들어가게 되며 펼쳐지는 이 모험은 많은 어린이의, 또 많은 어른의 상상력을 자극한 작품이죠. 이러한 이유로 '래빗 홀'은 보통 누군가를 비현실적인 상태나 상황으로 이끄는 것을 상징하는 단어이며 '래빗 홀에 빠졌다'는 것은 어떠한 비현실적 모험을 시작했다는 메타포로 사용됩니다. 그렇기 때문에 만약 래빗 홀이 무엇을 의미하는지 사전에 알고 계셨다면 이 영화의 주인공 베카와 하위가 비현실적인 도전에 열과 성을 기울일 것이라는 것을 눈치채셨을지도 모르겠습니다. 하지만 영화를 보다 보면 곧 놀란 표정을 짓고 있는 스스로를 발견하실 거예요. 베카가 자신의 어린 아들을 죽게 만든 장본인과 대화를 하는 것도 모자라 그가 직접 그린 만화책 따위를 읽으며 상실로 인해 생긴 공허함을 메꾸기 때문이죠. 도대체 어떤 내용의 만화였기에 베카는 상처를 딛고 미소를 지어 보일 수 있던 것일까요?

제이슨이 그린 만화책의 제목은 영화의 제목과 같은 '래빗 홀'로, 과학자인 아버지를 사고로 잃은 한 소년의 이야기를 담고 있습니다. 그는 아버지를 잃은 상실감에 괴로워하다 이내 다시 만날 방법을 생각해 냈죠. 바로 생전 아버지가 발명했던 '평행 우주로 갈 수 있는 기계'를 이용해 다른 평행 세계에서는 살아 숨 쉬고 있는 아버지를 조우하러 가는 것이었습니다. 마침내 소년은 꿈에 그리던 아버지와 마주하게 되지만 절망했습니다. 그가 마주한 아버지라는 남자는 아버지와 생김새만 똑같았을 뿐 진짜 자신의 아버지는 아니었기 때문이었죠. 게다가 평행 세계의 아버지에게는 평행 세계의 아들인 '소년'이 곁에 있었기에 그가 끼어들 자리는 없었고요. 여기까지만 본다면 제이슨의 만화책은 그저 비극적 이야기를 담은듯 합니다. 그러나 베카는 제이슨과 대화를 나누며 처음으로 뜨거운 눈물이 아닌 옅은 미소와 함께 "네 만화를 보다 보니 오르페우스 신화가 떠오르더라"라는 감상평을 전했습니다. 만화책을 읽다 무엇이라도 발견했던 것일까요?

오르페우스는 그리스 로마 신화에 등장하는 인물로 사랑하는 아내 에우리디케가 뱀에 물려 갑작스레 세상을 떠나 큰 슬픔에 잠겨 있었습니다. 그는 시간이 지나도 점점 더 짙어지는 아내를 향한 그리움에 지하 세계로 내려가겠다는 엄청난 선택을 했죠. 그리고는 지하의 왕 하데스에게 아내의 부활을 요구했습니다. 인간이 직접 지하 세계로 내려오다니 놀랄 만도 하건만 극진한 아내 사랑에 감탄한 하데스는 오르페우스에게 아내의 부활을 약속하며 한 가지 조건을 제시합니다. 지상에 도착할 때까지는 아내가 잘 따라오고 있는지 뒤를 돌아 확인해서는 안 된다는 것이었죠. 얼마 뒤 오르페우스는 지하 세계를 거의 다 빠져나오는 기적적인 상황에 이르렀습니다. 조금 후면 에우리디케는 정말로 부활할 수 있었죠. 하지만 인간의 호기심을 이길 수 있는 것은 없었습니다. 하데스가 제시한 조건을 무시한 채 뒤를 돌아본 오르페우스는 자신의 욕심으로 다시 아내를 잃게 되죠. 그는 절망과 함께 하데스에게 다시 한번 아내의 부활을 요구했지만 두 번째 기회는 없었고요. 자신의 잘못으로 아내를 두 번 잃게 된 오르페우스는 결국 슬픔에 잠겨 비참한 죽음을 맞이했습니다.

방금 읽어 보셨듯 베카가 제이슨의 만화책을 읽고 감상평으로 오르페우스와 그의 아내 에우리디케 이야기를 떠올린 데에는 그 이유가 있었습니다. 인간은 망각의 동물이며 인간에게 내려진 가장 큰 축복이 망각이라는 말도 있을 정도이지만 때때로 망각은 제 역할을 충실히 수행하지 못합니다. 잊고 싶지 않은 것은 잊히고 잊고 싶은 것은 잊히지 않기 때문이죠. 사랑하는 이가 갑작스러운 죽음을 맞았다는 현실을 받아들이지 못해 신화 속의 오르페우스와 만화책의 소년은 현재를 놓아 버린 채 과거 속에서 살아갔습니다. 오르페우스는 아내 에우리디케를, 만화책의 소년은 아버지를 잊지 못했죠. 그러나 만화책의 소년과 신화 속의 오르페우스의 마음가짐은 무척 달랐습니다. 소년은 오르페우스와 달리 '부정'의 길이 아닌 '수용'과 '인정'의 길을 골랐거든요.

오르페우스는 하데스와의 약속을 어겨 아내를 다시 잃게 되자 절망하며 스스로 삶을 놓아 버렸습니다. 만화의 소년 또한 평행 세계에서 찾은 아버지가 자신의 아버지와 같은 사람이 아니라는 것을 알고 절망했던 것은 사실입니다. 하지만 소년은 이내 행복해했습니다. 평행 세계의 아버지 곁에는 평행 세계의 소년, 자기 자신도 있다는 것을 발견했거든요. 더 이상 아버지가 계시지 않는 현실의 세상을 원망할 수도 있었지만 소년은 '다른 세계에서는 행복한 우리'가 존재한다는 사실 하나만으로 다시 웃으며 자신의 세계로 돌아갔습니다. 이제는 상실마저 감싸 안을 수 있는 어른이 된 것이었습니다.

베카는 한 순간의 실수로 자신의 어린 아들을 앗아간 제이슨을 미워하거나 질책하지 않았습니다. 그저 그가 그린 만화책 '래빗 홀'을 읽으며 죽은 자신의 아들도 다른 평행 세계에서는 잘 살고 있으리라 믿었죠. 여기서 우리는 감독이 전하고자 하는 메시지인 상처를 극복하는 법을 찾을 수 있습니다. 견딜 수 없는 고통이 찾아왔대도 절대 포기하지 말고 우리에게 다시 삶을 살아갈 용기를 불어넣어 줄 수 있는 우리만의 위로 거리를 찾으라는 것이죠. 그리고 영화의 주인공 베카에게는 제이슨과 나누는 짧고 긴 대화가 바로 그 위로 거리였습니다.

누군가는 베카가 제이슨이 그린 말도 안 되는 만화책 한 권에 위로를 받고 있다며 그녀가 정말 미쳤다는 반응을 보일 수도 있습니다. 또 누군가는 제가 14세기에 쓰인 『신곡』이라는 문학 작품을 보고는 따뜻한 포옹을 받고 있다고 느낀다며 바보 같다고 생각할 수도 있겠죠. 그러나 중요한 건 타인의 시선과 반응이 아닙니다. 많은 사람은 시간과 사람이 모든 것을 잊게 해 준다고 말하지만 앞서 말했듯 완벽한 망각이란 존재하지 않습니다. 다수의 시선에는 오류가 있기 마련이죠. 그렇다면 베카처럼 행동하지 못할 이유가 없을 거예요. 제이슨의 평행우주 이론이 대니를 살려 내지는 못했지만 베카의 '래빗 홀'이자 도피처가 되며 그녀의 고통스러운 현실에 한 줄기 빛이 되었듯 우리가 곧 찾을 '래빗 홀' 또한 잊고 싶은 과거를 없애 주지는 못해도 그 고통의 무게가 가벼워지도록 도움은 줄 수 있을 거예요.

지독한 상처는 흉터를 남깁니다. 우리는 그 흉터를 볼 때마다 과거의 고통스러운 기억이 생각나 괴로워질 수도 있죠. 하지만 중요한 점은 우리의 상처는 아물었다는 것입니다. 더 이상은 상처에서 피가 나거나 다시 덧이 날 일은 없다는 것이죠. 영화 〈래빗홀〉이 마음속의 흉터를 조금이나마 옅게 만들어줄 수 있는 연고가 되길 바랍니다. 그리고 부디 베카와 저처럼 나만의 작은 안식처를 찾게 되시길 빌겠습니다.

지독한 상처도 언젠가는 아문다. 짙은 흉터를 남기겠지만

끔찍한 과거의 상처를 정면으로 마주한다는 것은,
영화 <투 라이프>

< 투 라이프 To Life, 2014 >

드라마 / 프랑스 / 104분

개봉: 2014. 11. 26.

감독: 장 자크 질베르만

주연: 줄리 드빠르디유, 조한나 터 스티지, 수잔 클레망, 이폴리트 지라르도

인간은 본능적으로 자신을 지키기 위해 방어 기제를 세운다고 합니다. 과거의 끔찍한 기억에서 기인한 고통, 현재의 암담한 현실, 그리고 미래의 보이지 않는 걱정으로부터 도망가기 위해서요. 이렇게만 본다면 한 인간에게 있어 방어 기제보다 더 완벽하고 안전한 요새는 없을 겁니다. 하지만 방어 기제는 우리를 향해 날아오는 돌멩이를 잠시 막아줄 수 있는 아주 작은 방패일 뿐입니다. 이 작은 방패는 저 멀리서 빠른 속도로 날아오는 돌멩이를 절대 멈추지는 못하죠. 그렇기에 돌멩이를 던지는 이를 직접 마주하고 그 사람에게 돌멩이를 던지는 것을 그만하라고 요구하지 않는다면 언젠가 방어 기제라는 방패는 부서지고 말 거예요.

우리는 과거의 상처를 언제까지나 부정할 수 없습니다. 회피와 무관심은 잠시 고통을 잊게 해 줄 수는 있어도 언젠가는 다시 상처를 덧나게 할 뿐이죠. 하지만 때때로 우리 스스로 상처를 치유하기엔 너무나 버겁다고 느끼고는 합니다. 그러던 중, 예상치 못한 마법 같은 일이 벌어지기도 합니다. '내가 힘들다', '내가 슬프다'라는 말을 일일이 타인과 나누지 않았음에도 불구하고 나의 상처를 치유해 주는 사람이 나타나기도 하니까요. 우리는 그들을 '친구'라고 부르고는 합니다. 아무 말도 없이 어느새 조용히 우리의 곁에 다가와 우리를 다정하게 안아 주고 있는 그들의 온기는 어느 봄날의 아침보다 따스하죠. 영화 〈투 라이프〉는 바로 이런 이야기를 담고 있습니다. 홀로코스트가 자행되던 죽음의 수용소에서 만났던 세 친구가 종전 이후 재회를 하게 된 이야기로 '우정'에 대한 특별한 관점을 갖고 있는 영화죠. 친구의 존재에 대한 의미를 깊게 생각해 보셨다면, 혼자서는 도저히 감당할 수 없는 상처로 괴로워하고 계신다면 〈투 라이프〉도 의미 있게 보실 수 있으리라 생각됩니다.

세상엔 정말 많은 종류의 홀로코스트 영화들이 있습니다. 영화 〈사울의 아들〉, 〈줄무늬 파자마를 입은 소년〉, 〈인생은 아름다워〉와 같은 영화는 수용소, 그 내부에서 일어난 참극에 집중했고 〈쉰들러 리스트〉와 〈피아니스트〉는 수용지에서 탈출하려 하는 누군가의 노력에 초점을 맞추었죠. 하지만 이 영화 〈투 라이프〉는 조금 다릅니다. 죽음의 수용소에서 가까스로 살아남은 세 여인이 아우슈비츠 해방 이후 어떻게 살아가는지, 수용소 탈출 그 이후의 이야기를 담고 있기 때문이죠.

영화는 제2차 세계 대전이 막 끝난 수용소를 비춥니다. 수용소에 감금되어 있던 많은 유대인들이 한꺼번에 자유를 얻게 되고 수용소를 떠나려는 행군을 하던 터라 영화의 주인공 '엘렌'은 인파에 휩쓸려 자신의 두 절친, '릴리'와 '로즈'를 잃어버리게 됩니다. 하지만 슬픔도 잠시 수용소에서 생존해 집으로 돌아가게 된 엘렌은 자신의 인생을 되찾았습니다. 생과 사를 함께 한 절친을 잃어버리긴 했지만 그녀는 자기 나름대로의 삶을 개척해 나갔기 때문이었죠. 그러던 중 과거 한 동네에서 함께 나고 자랐던 동네 친구이자 엘렌처럼 유대인 수용소에서 살아남았던 한 남자를 만나 결혼을 하기도 했습니다. 그녀의 남편은 수용소에서 성 불구자가 되었기에 두 사람은 일반적인 결혼 생활을 해 나가지는 못했지만 엘렌에게 이것은 큰 문제가 되지 않았습니다. 다정한 남편과 함께였기에 행복했죠. 그러나 어느 순간 엘렌은 자신의 마음속에는 큰 공백이 존재하고 있다는 것을 발견하게 됩니다. 과거 피치 못할 사정으로 헤어져야만 했던 두 친구, 릴리와 로즈를 찾아야만 다시 일상으로 돌아갈 수 있을 것만 같은 엘렌. 수용소 탈출 이후 그저 살아가기 급급했던 엘렌이 처음으로 욕망을 느낀 순간이었습니다. 그 욕망은 꿈에서도 그리운 두 친구를 다시 만나야지만 풀릴 수 있는 것이었고요. 잊으려 노력해 보아도 잊히지 않는 친구들을 찾기 위해 엘렌은 두 번 다시 떠올리고 싶지 않았던 죽음의 수용소에 대한 흔적들을 추적하기 시작합니다. 어쩌면 이 추적은 엘렌 자신을 되찾기 위한 여정이기도 했습니다.

마침내 엘렌은 수소문 끝에 릴리와 로즈를 찾게 됩니다. 하지만 행복과 웃음만이 가득할 것 같았던 휴가지에서 일이 터지고 맙니다. 시간이 너무 흐른 탓인지 환경이 바뀐 탓인지 엘렌이 기억하는 과거의 친구들과 현재의 친구들은 조금 다른 사람들이었기 때문이었습니다. 그녀는 과거 수용소에서 있었던 이야기를 나누며 현재를 살아가는 이야기도 머리를 맞대고 나누고 싶어하자 로즈는 기겁합니다. 로즈는 그녀들이 살아가고 있는 현재를 이야기해도 모자란데 끔찍한 과거를 떠올릴 필요는 없다고 생각했거든요. 로즈는 엘렌에게 소리치는 것도 모자라 크게 화를 내는 모습까지 보입니다. 생각과는 다르게 전개되는 이 휴가 속에서 엘렌과 두 친구는 무사히 여행을 마칠 수 있을까요? 엘렌과 로즈는 같은 장소에서 같은 일을 겪었음에도 이처럼 상반된 모습을 보이는 이유는 무엇일까요?

╬

영화 〈투 라이프〉는 실화를 바탕으로 제작된 영화입니다. 그렇기에 스토리가 전개될수록 세 절친 사이에서 벌어지는 일들이 더욱 충격적으로 느껴지는 작품이기도 하죠. 죽음의 홀로코스트에서 살아남아 기적적으로 수용소에서 알게 된 친구들을 찾아낸다는 건 정말 영화 같은 일이니까요. 하지만 이 작품 속에서 영화보다 더 영화 같은 것은 바로 주인공 엘렌이 자신의 삶을 대하는 태도라고 할 수 있겠습니다. 그녀는 과거 한 치 앞도 예단할 수 없는 어두운 슬픔에 저항해 살아 나가야만 했던 자신의 인생을 실패 그 자체라고 생각할 수도 있었습니다. 생존 이후, 육체는 비로소 자유로워졌건만 정신은 여전히 죽음의 수용소 한 편에 머물러 있을 수도 있었죠. 평범했기에 아름다웠던 오래전의 자신으로 돌아가는 가장 쉬운 방법은 외면하는 것이었음에도 엘렌은 다른 선택을 내렸습니다. 수용소에서 함께 지냈던 친구들을 수소문하여 찾아내려 했죠. 이유도 모른 채 끌려가 또다시 이유도 모른 채 풀려난 그녀는 지금 스스로가 대체 어떠한 삶을 살고 있는지 질문을 하다 불현듯 무엇인가를 깨달았을지도 모릅니다. 일련의 사건들이 톱니바퀴처럼 하나둘씩 모여 지금의 나를 만들었지만 지금의 나는 톱니바퀴를 애써 다른 곳에 숨긴 채 살아가고 있는 것은 아닐까. 그렇기 때문에 공허함을 느끼고 있는 것은 아닐까.

두 친구를 만나게 된다면 불행했던 기억이 되살아날 것이 분명할 텐데도 엘렌은 과거를 마주하는 걸 두려워하지 않았습니다. 릴리와 로즈도 건강히 살아 있는 걸 보며 미소 지었고 서로 손을 잡고 마주 앉아 그날의 일들을 덤덤히 읊었죠. 악몽과도 같은 시간을 정면으로 마주하는 그녀의 모습은 실로 강인해 보였습니다. 과거의 나를 외면하지 않고 살아야 현재의 나도, 미래의 나도 진정 '나답게' 살 수 있다고 말하는 것만 같았거든요. 이러한 이유로 이 영화의 전반부와 후반부는 시각적으로도 매우 다른 광경이 펼쳐집니다. 영화 초반, 엘렌이 로즈와 릴리를 찾아내기 전까지 영화는 굉장히 어두운 색감을 유지하고 있다가 두 친구의 생존 소식을 알자마자 영상이 밝은 톤으로 보정되는 트랜지션이 발생하는 것을 볼 수 있거든요. 이러한 트랜지션은 다른 작품에서도 많이 사용되는 기법이지만 특별한 기억을 가진 세 사람의 이야기를 담고 있는 작품이기에 유달리 관객들의 마음을 뭉

클하게 하는 장치가 아니었나 합니다.

〈투 라이프〉는 유대인 학살이라는 참상에 집중하는 일반적인 홀로코스트 영화들과는 확연히 다른 시각으로 전개되는 작품입니다. 물론 세 친구의 팔에는 여전히 과거 수용소에서 새겨야만 했던 수용 번호가 선명하게 남아 있지만 이 영화는 세 여인을 그저 '피해자'가 아닌 인간이라면 갖고 있는 기본적인 욕구를 가진 '평범한 여자들'이라고 말하고 있기 때문입니다. 그녀들은 사랑을 하고 싶어 했고, 사랑을 받고 싶어 했고, 평범하게 살고 싶어 했죠. 태양이 작열하고, 파도가 넘실거리며 모래가 반짝이는 휴양지에 놀러 온 여느 사람들처럼요.

슬픔과 고통을 함께 나눈 친구는 잠시 우리 곁을 떠날 수는 있어도 사라지지는 않는다고 말하는 영화 〈투 라이프〉. 끔찍한 트라우마를 겪은 이들이 상처를 딛고 일어서는 모습을 보고 싶으시다면 이 영화 꼭 보시길 추천드리겠습니다. 그리고 이 영화를 통해 엘렌처럼 용기 있는 결정을 내릴 수 있길 바라겠습니다.

죽음의 언덕에서 피어난 평범한 들꽃 한 송이

기억나지 않는 까마득한 어린 시절부터 영화를 좋아해 영화를 업으로 삼게 된 저는 주위로부터 많은 질문을 받고는 합니다. 그중에서도 굉장히 자주 받지만 매번 답하는 데에 많은 시간이 소요되는 질문을 꼽자면 역시 "혜더님의 인생 영화는 무엇인가요?"라고 할 수 있을 것 같습니다. 세상에 좋은 영화는 손에 꼽을 수 없이 많기에 입 밖으로 내뱉기 전 고민을 거듭하지 않을 수 없죠. 하루는 이 질문에 대한 답을 언제든지 할 수 있도록 자세히 정리해 놓고 싶어 노트에 인생 영화라고 생각하는 작품들을 하나둘씩 적어 보기 시작했습니다. 그렇게 한참을 끄적이다 이제 됐다 싶어 펜 뚜껑을 닫아 보니 노트 위에는 스무 편 정도의 영화가 적혀 있었습니다. 인생 영화 리스트를 작성해 본 것은 처음이라 흥미롭기도 했지만 동시에 무척 놀랍기도 했습니다. 당장 2, 3년 전 인생 영화라고 외치고 다닌 영화가 제가 적어놓은 리스트에 없었기 때문입니다. 단지 저의 취향이 바뀐 것인지, 혹은 다른 이유 때문인지 스스로에게서 해답을 찾고 싶었지만 그때의 저는 답을 찾지 못했습니다.

이에 대한 답을 찾은 건 그로부터 꽤나 오랜 시간이 흐른 뒤였습니다. 정말 우연한 기회로 에세이를 집필하면서 깨닫게 되었거든요. 글을 쓰며 영화에 대해 깊은 생각을 할 기회를 갖게 되자 한결같이 같은 곳만 바라보고 서 있는 것 같았던 제가 저도 알지 못하는 사이 이전과는 다른 곳에서 다른 사람들과 다른 삶을 살고 있는 것을 발견하게 되었습니다. 주위의 풍경이 달라졌기에 세상을 다르게 보기 시작했고 저도 모르는 사이 변화한 제 삶의 가치관이 영화 취향에도 반영된 것이었습니다. 이와 더불어 제가 꼽은 인생 영화가 사실은 제 인생이 어떠했는지 대변해 주는 훌륭한 레퍼런스였다는 사실을 깨닫기도 했습니다. 인생 영화로 꼽은 작품들에는 모두 저마다의 이유가 있었습니다. 그렇기에 이번 에세이에서 저는 제가 위로받았던 작품들을 소개해 드리고 싶었습니다. 저와 같은 일을 겪고 계신 분들께 분명 힘이 될 수 있을 거라는 생각이 들었거든요. 제가 우울했던 시절 늘 인생 영화로 꼽았던 〈디 아워스〉와 〈멜랑콜리아〉가 당신의 우울함을 안아 주기를, 연애가 위태로워졌을 때 좋아했던 영화인 〈바이 더 씨〉가 대책을 제시해 주기를, 슬럼프가 왔던 시기 수십 번을 돌려 보았던 〈리스본행 야간열차〉가 인생의 새로운 날을 시작할 수 있도록 도와주기를요. 또, 숨 막히는 일상에서 벗어나고 싶을 때에는 제가 사랑했던 뜨거운 이탈리아의 햇살을 스크린에 담은 〈아이 엠 러브〉를 보시기를 원했고, 중요한 선택을 앞두고 어떠한 가치를 우선순위에 두어야 할지 잘 모르겠을 때 〈위대한 개츠비〉를 통해 답을 얻으시길 바랐죠.

그렇다면 당신의 인생 영화 리스트에는 어떤 영화들이 있나요? 두루뭉술하게 머릿속에 떠올리는 것보다 한 번 노트에 천천히 제목들을 적어 보시는 건 어떠세요? 그 영화들은 무슨 말을 전하고 있나요? 무한한 가능성을 지닌 당신이기에 앞으로도 지금처럼 영화를 계속해서 사랑하고 즐기시길 바랄게요. 늘 아름답고, 따뜻하고, 다정하고, 친절한 수백 편, 아니 수천 편의 영화가 당신의 인생을 보여 주는 소중한 레퍼런스가 되어 주기를.

항상 무한한 지지를 보내 주시는 아버지와 어머니, 부족한 저에게 출간 제의를 해 주셨던 부크럼 팀, 그리고 2021년 12월 23일, 크리스마스이브 바로 전날 저와 결혼을 앞둔 남자이자 이 책을 쓰는 데 너무나도 큰 도움을 준 그에게 감사 인사를 전하고 싶습니다. 당신이 없었더라면 이 책은 세상에 나오지 못했을 거예요.

매번 서툴게 완성했던 글을 재미있게 읽어 주고 다음 챕터에서는 어떤 영화 이야기를 전하면 좋을지 함께 고민해 준 많은 분 덕분에 이 에세이를 완성할 수 있었습니다. 영화보다 더 영화 같은 멋진 일들이 앞으로 우리 앞에 끝없이 펼쳐지길 바라며 글 마치겠습니다.

누구에게나 다시 보고 싶은 영화가 있다

1판 1쇄 인쇄 2021년 11월 29일
1판 1쇄 발행 2021년 12월 03일

지 은 이 헤더의 터닝페이지(조세인)

발 행 인 정영욱
기획편집 정해나 유지수
디 자 인 정해나 이유진

마 케 팅 박진산 최예은 임정재
영 업 정희목 유종안 이동호

펴낸곳 (주)부크럼
전 화 070-5138-9971~3 (도서기획제작팀)
홈페이지 www.bookrum.co.kr
이메일 editor@bookrum.co.kr
인스타그램 @bookrum.official
블로그 blog.naver.com/s2mfairy
포스트 post.naver.com/s2mfairy

ⓒ 조세인, 2021
ISBN 979-11-6214-378-0 (03800)